U0117796

新时代
最超炫最具魅力的
童 话

校园文学优酷悦读

反败为胜的猫

FAN BAI WEI SHENG DE MAO

张明智◎著

天津人民出版社

图书在版编目（CIP）数据

反败为胜的猫／张明智著．—天津：天津人民出
版社，2012.5

（巅峰阅读文库．校园文学优酷悦读）

ISBN 978－7－201－07483－2

Ⅰ．①反… Ⅱ．①张… Ⅲ．①儿童文学－寓言－作品
集－中国－当代②童话－作品集－中国－当代 Ⅳ．①I287.7

中国版本图书馆 CIP 数据核字（2012）第 060172 号

天津人民出版社出版

出版人：刘晓津

（天津市西康路 35 号　邮政编码：300051）

邮购部电话：（022）23332469

网址：http：//www.tjrmcbs.com.cn

电子信箱：tjrmcbs@126.com

北京市凯鑫彩色印刷有限公司印刷

2012 年 5 月第 1 版　2012 年 5 月第 1 次印刷

787×1092 毫米　16 开本　12 印张

字数：150 千字

定价：20.00 元

序　言

　　少年时代是人一生中各种能力发展的关键时期，其中创造能力是所有能力的核心，影响着一个人一生的成败与得失。

　　我们这个时代崇尚创新，也充满着激烈竞争。生活在创新时代的少年能不学会创造吗？未来的你若手中没有一把"创造的神斧"，怎能适应社会、迎接挑战？要想远离平庸，现在的你不仅需要知道创造，还必须学会创造。本书探索性地借用寓言童话的方式给少年朋友介绍了创造的科学知识，把你带到发明创造的大门前，让你探索创造的奥秘，教你培养创造品质、开发自己的创造潜能，尽早地乘上这趟奔向未来的创造列车，去追逐你美好的未来与期望获得成功的梦想！

　　少年朋友读过不少寓言童话，可是像这样介绍创造科学的寓言童话可谓别出心裁。希望少年朋友们喜欢这本启蒙读物，祝愿你们未来取得成功并在激烈的竞争中永立不败之地！

张明智

2011 年 3 月

目录 contents

第一辑 认识创造——把你引向创造的大门

寻找创造的少年 / 003

让设计师睡觉的国王 / 005

清水和浊水 / 007

蛋糕模的创造 / 009

两个栽桃人 / 010

青霉素·尼龙·原子弹 / 012

与我无关 / 013

兄弟斗富 / 015

坦诚的寄居蟹 / 016

想要改变命运的驴 / 018

探访剩饭族 / 020

时尚的叶公 / 022

人和狮子 / 023

笔·纸·书和人 / 024

今夜星光灿烂 / 025

目录 contents

第二辑　窥见奥秘——教你打开神奇的天目

水·豆腐·菜刀 / 029

神斧的秘密 / 031

千层石头 / 033

天宫奇花 / 035

创造三友 / 037

小针还能创新吗 / 039

神秘的创造岛 / 041

希望的种子 / 043

玉雕和照片 / 045

自羞花 / 047

士兵和步枪 / 049

瓦罐和铜罐 / 050

捕鸟人和蝉 / 052

富人和制革匠 / 053

与鹅卵石对话 / 054

目录 contents

第三辑　方法技巧——送你创造事物的魔棒

芝麻豆沙饼与组合创造法 / 059

玩具小警车与移植创造法 / 061

鲜花·指套·凤爪与切割创造法 / 063

张牙舞爪的猫豆与缩小创造法 / 065

巨人胡子刀与扩大创造法 / 067

大胖和蚊子与利弊创造法 / 069

颜色诉苦与减少创造法 / 071

熊力士取经与添加创造法 / 072

乌龟和猴子与替代创造法 / 074

最后的野餐与联想创造法 / 076

阿留锯树杈 / 078

驴子和赶驴人 / 080

吞食牡蛎和卵石的狗 / 082

公鸡和宝石 / 084

反败为胜的猫 / 085

目录 contents

第四辑　培养品格——助你展开创新的翅膀

院士和三个少年 / 089

上天筑路的王子 / 091

狮子和狐狸 / 093

乌龟和兔子 / 094

乌鸦的情商 / 095

山的声音 / 096

年轻人和大槐树 / 097

质疑的公牛 / 099

自卑的化石 / 101

鸽子的直觉思维 / 103

瞎子的想象力 / 105

跳蚤和竞技者 / 106

猫狗的猜测 / 107

猴子和鹿 / 109

宝葫芦归谁 / 110

目录 contents

第五辑　关注潜能——让你培育创造的才华

灰兔和猴子 / 115

并非捕鼠专家 / 116

外乡来的打井队 / 118

大红金鱼 / 120

老驴回故里 / 122

一种愚笨的原因 / 124

武松能打熊吗 / 126

不幸的土拨鼠 / 128

晒太阳的猫 / 130

想拉火车的驴子 / 132

等待的湖泊 / 134

母鸡和发明家 / 136

周游世界的游艇 / 138

发明家的床 / 140

造物主的假日 / 142

目录 contents

第六辑 奔向未来——任你追逐成功的希望

芍药和小草 / 147

无限的未来 / 149

没有发光的灯泡 / 151

怪异的言行 / 153

酷爱吃枣的人 / 155

五指兄弟 / 157

狮子和野猪 / 159

墙壁和铁钉 / 161

孩子和青蛙 / 162

生病的鹿 / 164

松鸡和公鸡 / 166

去草原生活的螃蟹 / 167

樵夫和儿子 / 169

战马和士兵 / 171

钟摆人 / 172

汽车没有砸烂 / 174

崇拜牛顿的人 / 177

第一辑
认识创造
——把你引向创造的大门

🌼 寻找创造的少年

有个少年到处寻找"创造"，并发誓：不找到"创造"决不回头。

他来到河边，问静静流淌的河水：

"请告诉我，创造在哪里？"

河水说："不知道，从来没见过，你去问问大山吧！"

他来到山前，问高高矗立的大山：

"请告诉我，创造在哪里？"

大山说："不知道，从来没见过，你去问问小鸟吧！"

他来到树林，问啾啾鸣叫的小鸟：

"请告诉我，创造在哪里？"

小鸟说："不知道，从来没见过，你去问问开天辟地的盘古，他准能知道！"

他走着走着，翻过了一座座的山，蹚过了一条条的河。食物吃完了，就用野果、兽肉充饥；衣服磨破了，就用兽皮、树叶取暖；不知翻过多少座山、不知蹚过了多少条河，他终于找到中华民族开天辟地的创造之神——盘古。盘古问：

"从文明社会来的人，你来干什么？"

"我是来寻找创造的！"

"你来寻找创造？你出生在空前文明的时代，怎么连'创造'

也不知道呢？把前所未有的事情做出来不就是'创造'吗？你从文明社会走回到原始，就相当于文明社会的所有创造丢得一干二净呢！现在你沿着人类前进的足迹再回到文明社会中去，你将亲眼目睹人类所有的创造了！切记：人类社会每前进一步都离不开人们自己的创造！人类的文明史就是用'创造'二字写成的……"

少年从盘古那儿返回的时候，亲眼见到了人类从过去走到今天文明的全过程：站立行走——利用石块制造工具——学会用火——修建房屋——驯牛耕地——制作陶器——纺纱织布——发明蒸汽火车和电脑电视……

那天，当他的脚一踏上当初的出发地，回到今天的文明社会时，无数的人朝他围拢过来。人们用异常惊诧的目光望着他。原来，他仍然蓬乱着头发、光着脚、腰间围着兽皮，身上还披着树叶……人们哄然大笑起来。那少年却不以为然，从容不迫地大喊："我要告诉你们：我找到'创造'了！你们知道创造是什么吗？我还见到开天辟地的英雄、我们中华文明的创造之神——盘古了！他让我带来这样的口信：当今文明社会的一个根本任务就是要开发每个公民的创造潜能，教会人们学会创造……让人们重新认识自己的创造使命和才能实在太重要了！建设创新型国家，国家才有希望；建设创新型企业，企业才有前途……而我们每个人开发自己的创造潜能，才会有辉煌的前程！"

让设计师睡觉的国王

设计师常常是些稀奇古怪的人，有的目中无人，对一国之尊的国王也不例外。他们常常来找国王，要求今天这样，明天又那样；说这个不好，那个更好；说这个要创新，那个要改革……

国王越来越讨厌这些设计师，有一天他再也忍不住了，就对宰相说："能不能让这些讨厌的设计师安静下来，不要再烦我了！"宰相说："这好办！把他们都找来开个会，每个人赐一杯特制的饮料，让他们回去沉睡二十年，以后您要他们不安静下来也不可能了！"

果然，那些设计师喝了国王御赐的饮料就在家中沉睡起来。没有设计师前来打扰，国王变得清静悠闲，不用再考虑那些令人头痛的问题了。可是没有过多长时间，国王的烦恼却更多了。

京城附近的一座大桥垮塌了，川流不息的车马人群只好靠渡船来摆渡，尽管那些船昼夜摆渡，还是无法疏散滞留在两岸的车马人群。国王知道了，问：

"为什么还不赶紧造桥？"

"可是，那些造桥的设计师还在睡觉啊！"宰相轻轻地提醒着国王。

"为什么不多用些船来摆渡？"

"那些造船的设计师也在睡觉！"

一天，国王出行前问：

"怎么还不给我换上新马车?"

"那些造车的设计师正在睡觉!"手下的人低声地回答。

"我的衣服怎么没有新的款式?"

"服装设计师也在睡觉啊!"

……

国王想:难怪王宫里看来看去总是一副老面孔,见不着新东西,没有一点生机勃勃的景象;御膳也总是千篇一律,没有新的花样……国王正在纳闷,突然收到报告:国王的军队在边境吃了败仗,损失惨重。那些从前线回来的将领要求国王提供新式武器装备,否则战争后果不堪设想……这下王公大臣全惊动了,纷纷提醒国王说:

"创新是解开一切难题的金钥匙。"

"没有创新就不会有发展,也不会有美好的未来!"

"不能让设计师睡觉!停止创新活动就是一个国家悲哀的开始……"

"放弃创新活动就等于自我毁灭……"

……

"是的!是的!我们不能再让设计师睡觉了!"国王也异常着急起来,对身边的宰相说,"还等什么呢?赶快让这些设计师立刻醒来工作吧!"

清水和浊水

一条湍急却带着泥沙的大河和另一条平缓且全是清水的大河同时流入一个湖里。湖中清楚地划分成一边是浊水、另一边是清水的两个不同世界。它们互不相容。

一天，清水对浊水说："像你这样浑浊不清，模模糊糊的样子，竟还有不少人对你感兴趣，愿意接近你，与你交朋友，真叫人难以理解！"

浊水平静地对它说："我们整个宇宙同样存在着这样的两个不同世界：一个就是与你一样的，什么都是清清楚楚的，到处可以找到已知结论和答案的，可以毫不费力去模仿和照搬的精确世界；另一个呢，就像我这样浑浊不清却隐藏着无数奥秘的，许多问题有待探索研究的，可以发现大量新的创造和机遇的模糊世界。

"对于每一个有志于发明创造的人来说，精确世界已经不屑一顾，而模糊世界才是他们最感兴趣的地方。模糊世界的奥秘一旦被发现，它就进入了精确世界，也就属于精确世界的一部分了。"

"哦！原来是这样！"清水说，"模糊世界原来还是一个令人神往的地方呢！"

"从模糊到精确是人类发现、发明和创造事物的基本轨迹。"浊水说，"只有在模糊世界不懈地研究和探索的人才能有所发现、有所发明和有所创造。你也喜欢这个迷人的模糊世界吗？而我们模糊世界随时都欢迎前来探索奥秘的人们！"

蛋糕模的创造

蛋糕烘烤出来之后，一个个蛋糕立即从蛋糕模里挣脱开来，金黄发亮、香味扑鼻地呈现出来，谁见了都要流口水。这时蛋糕模兴奋地对大家说：

"快来品尝这蛋糕的味道吧，再新鲜不过了！这是我们蛋糕模的最新创造！"

第二天，当蛋糕制成的时候，蛋糕模又自豪地对大家说："别客气，品尝啊，看看这蛋糕的外形吧！多迷人哪！这是我们蛋糕模的最新创造！"

第三天，当蛋糕再次制成的时候，蛋糕模更骄傲地对大家说：

"尽情地享受吧，品评一下这蛋糕的营养是不是世界一流的！这是我们蛋糕模的最新创造！"

有个发明家听了惊诧地对它说：

"蛋糕模呀，蛋糕模，你天天在讲自己的最新创造，可是，那些属于创造的事物是永远不会重复过去的呀，而且要求比它的过去更新、更好、更完美。你看：这些蛋糕的形状大小和颜色口味差不多全是一样的，而且都是从你那一模一样的模子里做出来的，还能谈得上是什么最新创造吗？"

两个栽桃人

两个农民看到集市上有一条标语："要致富，种果树！"他们说，对呀！我们为什么不买些果树苗回去栽呢？在一个卖桃树苗的摊上，他们各选了一捆桃树苗买了下来。分手的时候，他们还互相鼓励并打赌：五年后看谁先富起来。

那个老农想：种桃树有什么难的，人勤地不懒，只要将树苗栽下去，注意浇水、施肥就可以了，四五年后开花结果，就可以摘到桃子了！收下桃子到集市上去卖，钱币自然会滚滚而来，还愁富不起来！到那时盖新房，置新衣……什么都有了！

那个青年农民栽下桃树苗后，除了浇水、施肥外，还研究了嫁接技术，看了很多书，做了很多试验。五年很快过去，他的桃园里果实累累，桃子长得又大又甜。真巧，在集市上卖桃的时候，这两个农民又相遇了。他们互相看了看各自的桃子，都感到非常惊奇。

老农说："我们买的都是相同的树苗，为什么你的桃子特别好，特别大呢？"

青年农民说："是啊！真没有想到你的桃子那么小！"

老农尝着对方的桃子说："你的桃子个儿大，味道香甜，我还从来没有吃过这么好的桃子呢！"

青年农民也尝着对方的桃子说："啊，真是酸死人了！"

青年农民的桃子大受欢迎，很快就卖光了，口袋里的钱装得鼓鼓的。

老农困惑不解，问："是你运气好，还是你那里的土壤肥？"

青年农民摇摇头说："要说运气，完全是迷信。土壤、气候其实也没有什么不同。要说区别，可能也有：你用老一套办法来管理桃园，当然只能结下这样的酸果了；我在劳动中不断探索和创新，才能获得更加甜美的果实。"

发明家说：

人类的劳动分为两种基本类型：一种是再造性劳动；一种是创造性劳动。前者是利用现成的知识、经验和物质条件就可以直接获得成果的劳动；而后者是在现有知识、经验和物质条件的基础上经过变革创新之后，获得更好成果的劳动。所以现在创造性劳动最受人们的追捧和青睐，对社会文明的贡献也更大一些。

青霉素·尼龙·原子弹

　　青霉素、尼龙和原子弹是第二次世界大战时期的三大发明。有一次它们相聚在一起，交谈几十年来人类对自己的评价。

　　青霉素说："我所听到的全都是人类对我的赞扬和感谢。他们说我挽救了千千万万人的生命，解除了人们的痛苦，帮助人们恢复了健康，重新愉快地工作和生活……"

　　尼龙接着说："我也是这样：人们总是赞美我、感谢我。说我解决了千千万万人的穿衣问题，使农田可以多种粮食，让更多的人获得温饱，还称赞我光洁、美丽、耐用，感谢我为人类生活作出的巨大贡献！"

　　原子弹得意地说："只要说到我的威力，人们就会胆战心惊，只要几秒钟，我就可以使一块地方变成焦土和废墟，所有的生物都会遭到毁灭。不过，令人费解的是，至今我还没有听到一句赞美我的话。许多人总是对我嗤之以鼻，诅咒我是人类的祸害和灾星，还说总有一天要将我销毁！"

　　青霉素说："应该相信人类总是公正的，为什么人类对我们赞扬和感谢？又为什么对你总是那样厌恶和憎恨？其中必有缘故吧！"

　　尼龙说："创造分有益的创造与有害的创造，人类总是不懈追求有益的创造，而尽力摒弃那些有害的创造！"

与我无关

国王学了创造学，深受启发。为了改变这个贫穷小王国的落后面貌，他号令全国学习创造学，连宰相、大臣王公、贵族甚至王子和公主也不能例外。

但有个王子却公开抵制说："嗬，什么创造不创造的，这与我无关！"

国王知道了严厉地对他说："以后不准你再说'创造与我无关'，否则就要受到惩罚！"

王子还是那样说："任你怎样惩罚我，创造就是与我无关！"

国王说："那好，车子是人类创造出来的，你以后只能用脚走路，不准再乘车！"

王子说："不乘就不乘。"

"你吃的食物是人类创造出来的，那你就到深山里摘野果去吃吧！

"吃野果就吃野果！"

"你住的房子，身上穿的衣服都是人类创造出来的，那你得光着身子住山洞了！"

"住山洞就住山洞！"

就这样，王子光着身子，披着树叶被送到野外山洞里。由于禁不住风寒，吃不惯野果，他终于倒下了。这时他想：原来创造与我息息相关啊！

发明家说：

即使你没有进行创造，也总在每时每刻地享用着人类创造的成果。人类是群居动物，离开群体就很难生存下去。而认为创造与自己无关的人，他根本就不知道什么是创造，当然对创造就不会有任何兴趣了。

🌸兄弟斗富

　　从前有两兄弟，哥哥住在山南，弟弟住在山北。哥哥身体瘦弱，弟弟体格健壮。哥哥善于思考问题，弟弟懒于用脑。哥哥对弟弟说：我们俩来比赛，看谁先富起来。弟弟说：不用比，你肯定会穷得来求我。

　　有一年，官府修水库，要求每家都去挖土。弟弟说，我有的是力气，我挑一担土，哥哥要分两次走。结果，哥哥制作了一辆运土车，三天就把活儿干完了。弟弟虽然有力气，担土还是用了七八天。

　　又一年，官府摊派每家要交两只野兔去做菜。弟弟说：我的脚步快，能够追上野兔把它逮住。结果，哥哥用网将兔窝围起来，捉得野兔十来只。弟弟整天追野兔，谁知野兔跑得更快，弟弟的一只脚因此而摔坏了。

　　还有一年，官府发告示，谁要猎到一只熊，便将当年赋税全免。弟弟说：我身强体壮，力大无比，捉住一只熊，肯定有把握。哥哥在山林深处挖陷阱，不久捉得一只熊。弟弟自恃力气大，拿起木棍去猎熊，反被野熊扑在地，还是哥哥跑去救了他的命。

　　比赛的结果当然不用说，是哥哥先富，弟弟总来求哥哥。

坦诚的寄居蟹

在无边无际的海洋中，有数不清的海洋生物，不仅十分有趣，而且光怪陆离，无奇不有。来看看寄居蟹吧，它的头部、胸部坚硬带有刚毛，而腹部却很柔软。为了不受伤害，它将腹部藏在一个合适的空螺壳里，背着它东奔西走。长大了怎么办呢？不要紧，再换一个更大一些的螺壳。螺壳外面常常还有色彩艳丽的海葵与它相依为命；海葵身上长着许多大小不同而且有毒的触手，使许多天敌望而生畏，成了寄居蟹的天然保护伞。寄居蟹长有长长的触角，到处刺探信息，敏捷地开通道路，找到自己所需要的食物；那双一大一小的螯，形如钳子，既能攻又能守，使它威风凛凛，像个武士。海葵呢，让寄居蟹背着，到处旅游，成了免费的乘客，同时自己也获得足够的食物。

有个行人对寄居蟹佩服得五体投地，他对寄居蟹说：

"寄居蟹先生，你是多么聪明、多么神奇！这些办法是谁教你的呢？能不能算是你们寄居蟹的一种伟大创造呢？"

"我们根本不需要谁来教，自小就会！"寄居蟹说，"我们之所以能够这样，完全是一种本能，一切都是为了生存。如果没有这种本能，我们就无法生活，无法繁衍下去。说到创造，那是你们人类特有的一种能力。如果没有创造，就像我们会失去自己的本能一样，你们人类一样不能生存和发展，或许还像当初那样茹毛饮血，光着身子呢!

"谁都知道,人类是最智慧的动物,能够按照自己的意愿设计、制作出所需要的一切。我们这些动物怎能与你们人类相比呢!我们只能积极地适应已有的生存环境,对于外界的刺激也仅能作出一点小小的反应而已。创造是人类赖以生存和发展的武器,能不能进行创造,是人类和我们动物最本质的区别。"

行人说:"真是惭愧啊!我作为人类的一员,对自身的创造天赋还真的是缺乏了解呢!"

想要改变命运的驴

几头读过寓言的驴闯入一群著名寓言作家的论坛。它们个个觉得自己委屈、愤怒，但又不得不用恳求的口气对寓言家们说：

"寓言家先生，我们真冤啊！千百年来，在寓言世界里我们驴总是被描绘得那样愚蠢可笑，作为嘲笑的对象供人娱乐。今后能不能用您手里这支笔让我们驴变得聪明一些？至少，以后不要再有人叫我们'蠢驴'了！"

"可以倒是可以。"寓言家回答说，"不过，得先让我看看，你们现在已经变得怎样聪明了！"

于是，驴们回答说：

"主人要我拉磨，我就不停地拉着磨盘转，不再满腹怨言……"

"要是有人叫我拉车，我不会三心二意，径直拉着向前走……"

"人们不喜欢又脏又臭的驴蹄子，我从此不再抬起让他们见到……"

……

"这些只是最基本、最平常的表现呀！"接着，寓言家又问："你们通过苦练已达到千里马奔跑的速度了吗？"

驴们摇头。

"你们学到骆驼抵抗风沙和忍饥耐渴的本领了吗？"

驴们还是摇头。

"遇到难题，你们能想出很多解决的办法吗？"

"碰到'钉子'，你们会灵活转变思维角度和方向吗？"

"你们拥有过属于自己的发明或创造吗？"

……

驴们听了只是不断摇头。

寓言家最后说："当今世界，衡量一个生命是否聪明，首先要看他懂不懂创造，有没有自己创造的成果。真是遗憾！看来，你们还是那样平庸、愚蠢。还能指望我们做些什么呢？要改变命运得靠你们自己的表现呀！"

听了寓言家的话，驴们面面相觑，谁也说不出话来，只得悻悻离去。

探访剩饭族

在大森林尽头，有个鲜为人知的原始部族。这个部族异常特别，专吃别人或动物剩下的食物，还以此为荣，因此得名叫"剩饭族"。

一个前去探访的志愿记者，经过一番仔细调查，带回大量关于剩饭族的信息。

原来，这个剩饭族是一个没有"第一"的社会。自古以来，剩饭族的人都忌讳数字"一"，认为"一"是不可靠的、可怕的、危险的、不吉利的……因为他们的先人吃够了"第一"的苦头，而把"一"视为洪水猛兽、视为灾祸。就这样，在长期的艰难生活中，剩饭族形成各种怪异的生活习俗。穿衣：宁可不穿衣服，也不肯穿新衣，只穿别人穿过的或是动物穿过的衣服——兽皮；吃饭：宁可挨饿，也不自己做饭，只吃别人吃过或动物剩下的食物；居住：宁可露宿，也不自己盖新房，只住别人遗弃的旧屋或动物住过的山洞；走路：宁可等着，也要看到有别人走过去的足迹，然后才会跟着前行。他们总是觉得，旧衣或兽皮最暖和，吃剩下的食物最香，住被遗弃的旧屋或山洞最舒适，在别人后面走路最安全。数数的时候，总是从第二个开始数；家禽生的第一个蛋要扔掉，第一个出生的家畜要杀死，部族妇女生的第一个小孩也要弃之荒野……剩饭族的人只相信万能的上帝，相信命运的安排，从不相信自己；因此，他们总是安分守己，任其自然、听天由命。

剩饭族的人衣着简单破旧，食物不足，难得温饱，种粮不能丰收，养畜不得兴旺，常常忍饥挨饿……所幸的是，很久之前与剩饭族相邻的还有一个兄弟部族，与这个部族生活在一起，可让剩饭族的人获益不少。可是，这个部族的习惯与剩饭族完全不同，他们个个崇拜"第一"，人人想做出第一的事情，甚至把第一当做生命。因此，这个部族发展很快，人丁兴旺，欣欣向荣。他们所遗弃的一切恰好是剩饭族的宝贝。这些遗弃中有吃的食物、穿的衣服、住的房子、用的物品……应有尽有，使得剩饭族的人至今依然活得自在。可是，剩饭族至今没有走出丛林，还过着半原始的生活……

那个记者讲完他的所见所闻，叹了一口气说："看来，一个没有创造意识的民族永远不会兴旺发达，让人见了实在可笑、可怜又可悲啊！"

时尚的叶公

进入创新时代，创新事物层出不穷，日新月异。创新的歌声连绵不断，创新的口号此起彼伏。叶公从此迷上了创新。

凡是介绍创新的书，他都买；所有创新的讲座，他都去听；只要是创新的展览，他都去看；听到创新的歌，他都去学；创新的口号，他比别人叫得更响……叶公好创新，远近知名，家喻户晓。

叶公的家，房间里全是创新的家具、创新的家电，书柜里装满了创新的书，到处都是漂亮奇特的创新用品……

有客来访，对叶公说："一个钟爱创新的人总是坐不住的，必定参与其中，探索自己的创新之路，总想有一件属于自己的创新成果。叶公子啊！在这许许多多的创新事物中，有一件是属于你自己的吗？"

"啊……没有哇！一件也没有啊！"叶公说，"我只知道当下创新'时尚'啊！"

客人叹气："我们这个时代啊，如果到处都是像你这样的人，那社会还会有希望吗？"

人和狮子

有一次，人和狮子结伴同行，不知为了什么他们争论起来，都说自己强大、有力量，谁也不肯甘拜下风。他们来到一座雕像前，人高兴地说：

"看吧，这雕像是人将狮子踩在脚底下的，已经表明人比狮子更强大、更有力量！"

狮子说："这有什么？如果狮子也会雕塑的话，同样可以把你们人踩在我们狮子脚底下的。"

人说："可是，眼下的雕像是实实在在的，而你们想要的雕像是永远不能实现的呀！"

狮子没有出声，突然将那人扑倒在地，然后用一只前脚踩在他的背上，对他说："现在你该相信眼下的事实吧？"

人回答说："眼下的事实的确是这样，可是身躯和肌肉的力量怎能与我们人类大脑的创造智慧相比呢？"

狮子松开了脚，冷静地想了一下说："我羡慕人类的文明，佩服人类的创造才能。看来真正强大有力量的还是你们人类，因为人类拥有创造才能，而创造智慧的力量才是无与伦比的。"

"但是也遗憾得很，"人又对狮子说，"这些创造的智慧人类才利用了其中的极小部分，有90%还没被开发出来呢！要是让每个人的创造潜能多开发出一点点来，嘿！你将无法想象我们人类这个文明世界有多么美好！"

笔·纸·书和人

一支笔说：我可以写出各种文字、画出任何形状的线条。

一张白纸说：我纯洁、明朗，可以记录任何图形和符号。

一本书紧接着说：我拥有信息，肚皮里装满了学问。

可是，人类又是一种什么样的动物呢？

人回答说：我们人类需要笔、需要纸，同时还需要拥有信息、肚皮里装满学问的书。坦率地说吧，你们都是人类不可缺少的朋友，而且都是我们人类辛辛苦苦发明创造出来的事物。任何时候，我们人类总比你们聪明，比你们多一个智慧的大脑，它可以思考一切；还比你们多一双万能的手，它可以利用一切，不断地进行创新：利用纸和笔写出最新的文字，画出最美的图画；利用书来阅读、思考，掌握知识，创造未来。总之，我们人类能够支配事物，创新世界。难道不是吗？进入伟大的创新时代，那些单调、乏味的工作将由机器人去完成，电子计算机将保障整个"世界机器"的运转，而将来人类最主要的工作就是创造，而且以创造成果来衡量每个人自身的价值。

创造永无止境，发明和创新永远是一项人类充满美好希望而快乐的工作。

🌸 今夜星光灿烂

太阳将要下山的时候，月亮对准备上班的星星们说："按照规则，今夜星辰应当是最稀少、最不明亮的一天，可是——我想今夜能否例外：千万年来，我们月亮、星星总是把太阳的光亮反射到夜间的大地上，给人间带去了光明，让人们观赏皎洁的明月和繁星密布的美丽夜空。人们一直在赞美我们、感谢我们。而人间那些成年累月艰苦拼搏、百折不挠地为推动人类的文明进步，创造了无数美好事物和人间奇迹的科技明星却没有像我们一样闪亮的机会。他们总是没有艺术明星那样吸引人们的眼球，常常默默无闻，以至被一些人遗忘了。这一切是多么不公平啊！所以——我建议今晚谁都要表现得更加出色，让科技明星集中的地方夜空繁星闪烁，异彩纷呈，美不胜收！我们就用这样的方式提醒聪明的人类去思考……"

这天夜里，月亮早早地出现了，与以往相比显得异常明亮，它将清澈柔和的光辉洒满了人间。月亮故意一反常态，时隐时现：当月亮躲进云层时，暗蓝的夜空立即繁星密布，闪闪烁烁，奇特的光亮交织在一起，像正在演奏着的无声交响乐！与地面上的灯火连成一片，灿若云锦。尤其是那些科技明星荟萃的地方，夜空显得更加夺目迷人，格外绮丽多彩！

果然，人们仰望夜空惊喜交集，都在认真思考：今晚夜空为何如此异常？为什么科技明星汇集的地方，星光如此灿烂？因为那些致力于发明创造的专家和科技人才应当永远受到人们的崇敬和赞扬。只有形成一个爱科学、尊重科技人才、尊重创造的社会氛围，创造活动才能得到持久健康的发展，科技创造的天空才会变得更加壮美！

第二辑
窥见奥秘
——教你打开神奇的天目

水·豆腐·菜刀

豆腐是世界公认的最软弱的固态食物，连木片、硬纸都能将它切成片片。它碰不得，一碰就破；它摔不得，一摔就碎。老年人爱吃豆腐，就是他的牙齿松动或者掉了也不要紧，因为吃豆腐毫不费劲……因此，豆腐常常叹息自己无能，有时竟哭泣起来。

一位工程师见了对豆腐说："我知道你为什么伤心，是不是认为自己软弱？其实世界上还有比你更软弱的东西呢！"工程师用菜刀将豆腐切下一片竖着放入水中说："现在你也能把水切开，水不是比你更软弱吗？"

豆腐得到安慰不哭了，可是水却哭泣起来了，它还大叫："我的命真苦，我竟比这豆腐还软弱！"

工程师笑着对它说："事物都有两个面，软弱到极点就是刚强。"

躺在一边的菜刀冷冷一笑，说："这水还算刚强吗？平时连自己的形状都没有，根本无法站立起来；它就是结成冰块，我也能将它削'冰'如泥！哈哈，我能切菜、切肉，还能剁骨头！不是吗？"

工程师平静地说："事实胜于雄辩，一会儿你们就会知道，水不用结成冰也会变得刚强无比呢！"说完就将水、豆腐和菜刀一起带到一台机器跟前，又对它们说："这是一台全电脑控制的超高压水切割机，柔软的液态水在这里经过不断加压之后，就形成了超高压的细水流，产生了难以置信的巨大能量，除少数超硬材料外，其他一般材料都能被它切割开来。"

菜刀"哼"了一声，鄙视地说："我才不信呢！别用这台机器吓唬我，要不就在我身上试试看！看它能不能在我身上割下一个圆形、一个方形、一个三角形和五角形？"

工程师没有再说什么，立即开动机器，一会儿就在菜刀身上割下了一个圆形，一个方形，接着又割下一个三角形和一个五角形。

水说："我真的变得刚强无比了！这是为什么？"

豆腐说："我信服了！可是，这个世界为什么又不讲规矩呢？"

菜刀对工程师说："你无论如何得告诉我，这里面到底有什么奥秘？"

工程师笑着高声地说："你们都想知道这个奥秘？好啊，那就叫'创造'！也就是我们人类独有的赫赫有名的'创造'！人类的创造无所不能，只有想不到的事，没有做不成的事；只要人类需要，想做什么都不是梦想；只要能达到创造的目的，可以打破一切习惯和规矩，把人们认为不可能做到的事情创造出来，这才带劲呢！"

神斧的秘密

自从盘古开天辟地之后，人们对他的那把神斧无限崇拜，都想知道神斧的奥秘。后来盘古又制作了一些较小的板斧，赠给那些异常渴望创造而捷足先登的人。

话说有个人得了神斧，兴奋不已，当天就开始研究起来。他挥动着神斧，对着地上一群啄食的小鸡说："真是些可爱的小鸡啊！这叽叽叽的叫声就像一曲无比动听的音乐，这神态是多么的美妙动人，这羽毛又是那么的柔和而充满美丽的光泽……"他转过身来，对着快要下山的太阳说："谁说夕阳不如朝阳美！瞧，这满天五彩缤纷的霞光，多么迷人，真可谓'夕阳无限好'啊！……"

过了不久，他惊奇地发现：那落日和晚霞就像一张静止的照片，落日不再下山，晚霞仿佛凝固起来，静静地不再有任何变化。

时间仿佛也凝固起来，一切依旧：那落日和晚霞总是那个样子；那群小鸡仍像当初那样叽叽叽地叫着，神态还是那样的神态，羽毛还是原来的羽毛……无论那人怎样对着它们挥动神斧，就是没有一丝一毫的改变。

那人心急如焚，不知怎样才好，慌忙带着神斧去找盘古。盘古认真地对他说："板斧的奥秘你还是没有找到，而它神奇的力量是毋庸置疑的。当初，如果我也以为那混沌可爱，四处无声的一片漆黑是美好的……那么，我无论怎样挥动巨斧也都是徒劳，世界只能还是那个样子……"

没等盘古讲完，那人就立即领悟到盘古的话意，告别了盘古，带着那把神斧急匆匆地回去了。

这回，他一边挥动神斧，一边对着那群小鸡说："小鸡呀，小鸡，老是这样'叽叽叽'，有谁还会喜欢！"刚说完，奇迹就出现了：眼睁睁地看着那些小鸡在长大，接着分出了雄鸡和母鸡，雄鸡开始打鸣，母鸡开始下蛋……接着他又转过身来，一边挥动神斧，一边对着落日说："夕阳虽然好，毕竟近黄昏，将要下山的太阳怎比得上明日生气勃勃的朝阳……"刚说完，奇迹也出现了，只见那落日像火球似的立即滑落下去，第二天清晨，果然在东方出现了一轮崭新的朝阳。

那人豁然开朗：世间万物，如果你觉得它们已经完美无缺，感到心满意足，那么，无论你怎样挥动这把充满神力的板斧，一切将依然如旧；如果你感到它们总有不足之处，产生强烈不满，这时你的手中就有了那样一把充满神力的板斧，而你不时挥动这把神斧时，它就能为你不断创造出更加美好的新事物来。总之，现在只要努力学习创造的知识，谁都会拥有这样一把绝妙的神斧！

千层石头

这是一块神奇的石头，方方正正，像一个包裹。奇怪的是，这块石头的表面总是有一层薄如蝉翼的膜，这膜可以一层层轻而易举地揭去，但每次只能揭去一层。揭去一层还有一层，谁也弄不清它到底有多少层膜。这石头里到底装着什么东西，谁也说不清楚。

刚开始，不少人围着这块石头看了又看，觉得十分好奇、新鲜有趣，就兴致勃勃地去揭那一层又一层的薄膜。可是到了后来，他们看到那石头一点也没有变小，似乎与原来一模一样，就开始埋怨起来：这要揭到什么时候呀！这种乏味的事情我才不干呢！于是他们放下那块石头，头也不回地走开了。

另一些人兴趣十足，心里更是着急，他们认为这样揭去薄膜实在太费时间，就想用钢刀来划开这块石头。可是，无论怎样锋利的钢刀，都无法如愿以偿，于是，他们也都摇摇头无可奈何地走开了。

还有的人想用铁锤砸开这块石头，可是，怎么也砸不烂。后来，他们用水浸泡过了、煮过了、用火烤过了、烧过了、一切能想到的办法都试过了，仍然无法知道石头里的秘密。于是，他们也都失望地放下那块石头，垂头丧气地走开了。

后来，终于来了一个人，他的模样很平常，没有什么特别的地方。可是，他每天都准时来到这里揭去石头表面上的薄膜，虽然也不能看到它明显地变小，但他却相信这石头不会再变大，揭去一层总会减少一层；揭去外面的一层，出现的总是更新的一层，这新的一层总能给他带来兴趣和希望。不知多少天过去了，也不知多少月过去了，谁也不知他揭去了多少层膜。慢慢地，石头发生了变化：他揭去一层层红色的膜，又出现了一层层蓝色的膜；揭去一层层蓝色的膜，又出现了一层层黄色的膜……他越揭越觉得妙趣无穷，还设法制作了一种专门揭膜的工具，速度越来越快，就像闪电一样。只见那五彩缤纷的薄膜满天飞扬。最后石中的秘密终于被揭开了！最先见到的是一只精美的盒子，盒盖上面镌刻着"由这里走向成功"几个闪闪发光的字；打开盒盖，里面是一颗罕见的夜明珠！

发明家说：

好奇心和兴趣可以将我们引向发明创造，但不是所有的人都能得到成功。其实，世界上许许多多的发明创造并非都那么复杂，但最后取得成功的往往是那些真正有兴趣而又有耐心的人。

🌸 天宫奇花

孙悟空大闹天宫之后，回到花果山，脱靴子的时候，掉下一颗种子。他想：一定是一种奇花异草的种子，肯定是经过天宫花园时落进靴子里而被带回来的。后来，在取经途中，他把这颗种子赠送给了一个心地善良、乐善好施的人。

那人得到这颗种子，如获至宝，立即小心翼翼将它种在一个珍贵的玉花盆中。真是奇怪，刚刚浇完水，就见到那种子发芽破土而出，眼看着它不断长大。起初芽尖分出两片嫩叶，接着第三片叶子、第四片叶子……更多的叶子不断长了出来。叶子绿莹莹的像翡翠一样放着光彩。那人兴奋无比，赞不绝口："啊！你真是神奇的花啊！一定举世罕见、一定香味迷人……快开出花来吧！让世界上的人都看到你的奇特和美丽，闻到你那诱人的芳香！"

这时，没有想到旁边竟有些人居心不良，对那花苗说道：

"啊唷！这是什么花苗呀！还配得上用这么高贵的花盆？不要想得太美了！也许是一种与狗尾草一样不值钱的杂草呢！"

"可不是吗？不要高兴得太早了，开出来的或许是又臭又难看的花呢！"

"谁知道呢，也许它将来根本就不会开花！"

……

说也奇怪，那花似乎懂得人语，眼见它渐渐变得瘦小，叶子开始显得无精打采而下垂起来，顿时失去刚才那种翡翠一样的光泽。

看了这番情景，种花人急得团团转，立即将那些人轰了出去。

这时又来了几个热情善良的人，他们又是浇水、又是施肥，对花草说道："你一定不会让人们失望，你一定能开出人世间从未见过的奇花来……"

说也奇怪，那花苗迅速恢复了原先的生机，又开始不断生长，长得枝荣叶茂，绽出了一个个花蕾，开出了一种像宝石一样美丽的鲜花！那花色彩斑斓、奇光四射、花香馥郁、沁人心田。健康人闻到这花香，马上精神抖擞；病患者闻到这花香，立即百病祛除；好人闻到这花香，可以长命百岁……

发明家说：

人的创造性才能就像这种娇艳的鲜花，如果得到及时培育、精心呵护和不断鼓励，它的花就会开放得异常绚丽多彩；相反，如果受到冷落、讽刺和嫉妒，它就会过早地凋谢，而被世俗所湮没。

创造三友

一个大名鼎鼎的发明大王接受一群记者采访。

问："据说现在你已有整整三千项发明成果！了不起啊！真是前无古人、当之无愧的发明大王！不过，对你取得如此显赫的成就，人们众说纷纭：有的说，你出生的日子和时辰万年不遇，因而特别善于发明创造；有的说，你住的地方风水无与伦比，对发明创造特别有利；还有的说，你会选择创造的时刻，如果错过这个时刻发明就不能成功……"

答："这些都是无稽之谈。听我母亲讲，与我同时出生的还有两人，他们没有一个在搞发明创造；至于我住的地方，已换过几处了，而原来在那里住的人也没有一个在搞发明创造；至于选择什么时刻来搞发明创造能够成功，我自己想都没有想过……"

问："那么，你又是怎样认为的呢？"

答："我认为，从人类创造活动的本身来看，人间处处是创造之地，天天是创造之时，人人是创造之人！"

问："既然是这样，你在发明创造时，有没有神力和能人来帮助呢？"

答："神力，我还没有发现；能人的帮助也实在偶然。而我倒有三个忠实的朋友，——其实它们也是所有人的朋友。一个叫'需要'，凡是人类需要什么，它都告诉我；一个叫'希望'，凡是人类希望什么，它都及时通报于我；还有一个叫'缺点'，世间任何事物都有缺陷，只要发现事物的缺点，它就马上叫我去看。有了这三个朋友，我就能及时发现和选择创造课题了。当然，更重要的还是要依赖自己的创造知识和才能。"

问："如此看来，你以为发明创造并不神奇，而是人人都可以办得到的事啦？"

答："太对了！从人类的需要、希望和事物的缺陷中就可以不断地发现和选择发明创造和革新创造的课题。请转告所有的人，每个人都能找到这三位朋友，就在你们周围，而且不时在向你招手呢！"

小·针还能创新吗

有个少年，立志将来成为一个发明家，更好地报效祖国。他一有时间就在学习、揣摩、发明奥秘，有时甚至连饭也不吃。

爸爸妈妈知道了，对他说："你现在还小呢，得好好学习知识，长大之后才能搞发明创造。"

叔叔阿姨知道了，对他说："凭你这点小学生的知识，最多只能发明一根针，可是这种缝缝补补的针已在我们的祖先手里使用了几百年了！"

少年想，难道针就不能再革新创造了吗？从此，他就开始研究起各种针来了。一天他看到刺绣工人一针上、一针下地在绣花。那绣花针尖一会儿要转向下，一会儿要转向上，似乎有点儿不方便。突然他一个新的想法产生了：如果在针的中间开一个孔，制成一种两头带针尖的绣花针，绣花时就不需要转来转去地调转针尖方向了，这样刺绣的速度不是更快了吗？

这一创造性设想很快得到老师的赞扬。后来，这种针制出来，果然成功了！不久他参加了全国青少年发明展览会，还获得发明金奖！专家们都说，别看这是一种小小的改进，却是个了不起的发明！它再次说明：有了发明创造的愿望和动机，无论老幼、无论知识多少，人人都能进行发明与创新。

发明家说：

对于司空见惯、熟视无睹的事物，如果仔细琢磨，仍有革新创造的机会。苏格兰医生邓普禄在浇花时，从橡皮管充水后产生的弹力得到启示，经过琢磨，发明了充气轮胎，一直到现在还在使用呢！

神秘的创造岛

东海中有一个神奇的创造岛，岛上长满各种奇异的生物，到处开着奇特的花，结出从未见过的果实。

如果谁来到这个岛上，只要敲敲那里的石头，你想要做前所未有的任何事情，想要得到前所未有的任何东西，都能马上如愿以偿，而在其他地方却绝对办不到。

要到创造岛，坐船去找不到方位，乘飞机去找不到目标，要是私渡去也只能被风浪吞没。

能到岛上去的人，都是用身上长出的一种看不见的翅膀飞去的。据说这种翅膀就是创造之神发的通行证。

如果你对创造无限崇拜和虔诚，尽力地思考和想象，尽力地勾画出你所要创造的事物，并且不畏艰难困苦去探索创造的方法，创造之神就会赐予你这样一对人眼看不见的神秘翅膀。

如果你对创造不再崇拜，不再虔诚，不愿对你所要创造的事物再做艰苦的思考、想象和不懈努力，创造之神就会马上收回给你的这对神秘的翅膀，那么你再也到不了这个神奇的创造岛。

发明家说：

创造需要异想天开，科学的想象是通向成功创造的桥梁。想象比知识更为重要，可以凌驾于知识之上，还能把知识推向新的高度。法国著名科学幻想作家儒勒·凡尔纳，18世纪写在科幻小说中的电视、导弹、潜水艇、直升机等等，给以后的发明者以深刻的启示，把他想象中的这些事物都变成了现实中的事物。

希望的种子

在深山老林的一块巨石上，有一颗硕大的种子。如果在适宜的环境里，它将生根发芽、茁壮成长，而且会比它的兄弟姐妹更有出息，在同类中定会出类拔萃。这一点，连种子自己都深信。然而这光溜溜的石头上，没有多少土壤，下雨时才积那么一点点水，不久就被风吹干了。这颗天赋不凡的种子要指望在这块石头上生根发芽，简直是比登天还难。

一只松鼠路过这块石头，那颗种子对它说："我根本无法在这样的石头上生根发芽，请把我带到有水有沃土的地方去吧！"

松鼠爽朗地说："这里确非理想之地，好吧，这很容易，我马上就能给你办到！"

松鼠说完就叼起种子迅速地爬到一棵树上，一张口就把那种子投进了水潭，还说："这里有的是水，水下面就是肥美的土壤，你在这里会大有作为的。"

种子沉入水底，虽说有水和沃土，却闷得透不过气来，这也不是它适宜生长的地方。一天来了一只鹭鸶在水边觅食，种子哀求道："美丽的天使，这里的水太多了，我无法生长，请你把我带到看不见水的土壤那里去吧！"

鹭鸶显然已吃饱了肚皮，二话没说，用嘴啄起那颗种子飞到荒无人烟的沙漠上空，然后将那颗种子丢了下去。

种子在沙漠中，白天热得发烫，夜里冷得发抖，显然这里也不是它生长的理想之地。一天夜里，刮起了龙卷风。种子又对龙卷风说："这里的环境太恶劣了！请把我带到一个理想的地方去生长吧！"

龙卷风说："这是小事一桩，跟我走就行了！"

夜里行走，什么也看不清，哪里是理想的乐土呢？种子随着龙卷风飞行了很长时间，发现前面有一处发光的地方。种子以为这就是自己的"乐土"了，于是兴奋地降落下去。谁知下面竟是一片熊熊燃烧的火场！种子被烧得焦头烂额，无论怎样挣扎，最后还是被烧成灰烬。

发明家说：

人们常常会萌发出一种有价值的设想，就像一颗种子。而要使这颗创造的种子顺利地生根、发芽、开花、结果，仍需要有一个适宜的外部条件，也就是说，必须具备一个良好的创造环境。

玉雕和照片

有件玉雕鬼斧神工、精美绝伦，荣获世界金奖，价值连城。玉雕的旁边放着一沓照片，在室内无人的时候，出于好奇，这玉雕竟翻看起照片来。

翻开第一张照片：拍摄的是一块大玉石。

玉雕不屑一顾地说："哼，为一块石头拍一张照片，真是浪费胶卷！这些玉石就是堆成一座山，也不如我高贵啊！"

翻开第二张照片：还是这块玉石，显然有人加过工，但无论怎样观看，还是看不出什么奥妙来。

玉雕鄙视地说："一块粗陋的石头还要装模作样，真叫人好笑！哪能比得上我的高雅呢？"

翻开第三张照片：玉石已有似是而非的轮廓。

玉雕惊奇地说："咦！我们的身影何其相似！真是个没有出息的东西，连别人的影子也要模仿！"

翻开第四张照片：玉石上出现粗略的形象。

玉雕发笑地说："真有意思，眼睛鼻子还模糊不清，穿什么衣服也看不出来，装腔作势摆弄什么呀！"

翻开第五张照片：原先那玉石的自然形态已经不见了，与自己的造型越来越像。

玉雕嫉妒地说："嗬！你也想夺那块金牌吗？难道想与我比个

高低不成！仔细瞧瞧：你那人物的眼睛还没有神，衣饰绝没有我的华丽，动物也不觉得可爱，草虫也不那么生动……哼！"

翻开最后一张照片，玉雕惊诧地问："你是谁？究竟是谁？怎么与我一模一样？"

"我就是你的过去呀！难道你连自己也不认识了？"那张照片中的玉雕不慌不忙地回答："世界上一蹴而就地获得一件完美无缺的创造实不多见，像玉雕一样，只有经过一步步地精雕细琢之后，方能使你的创造日臻完美起来。"

🌼 自羞花

在广阔无际的自然界，不乏奇花异卉。可是，有谁见过寓言国的自羞花呢？

当春风吹醒了大地，自羞花也从土壤里长出嫩芽来。在明媚和煦的阳光下，它无忧无虑地成长，期盼着自己快快长大，憧憬着自己美好的未来：它愿未来能像牡丹那样多姿多彩，像梅花那样风姿绰约，像梨花那样洁白如雪，像桃花那样粉红如霞，又像茶花那样鲜红如火……

时光荏苒，自羞花一天天长大，嫩叶一片片增多，枝变得繁茂，叶绿得发亮。有一天，它像从梦中醒来，突然发现四周百花已经盛开，到处姹紫嫣红，浓香馥郁，蝶舞蜂鸣，好一派盎然春色。自羞花不由得畏缩起来，低头沉思着：在众花面前我算什么呢？繁花似锦的世界还会在乎我的几朵吗？我会开出怎样的花来呢？还会有什么与众不同的选择吗？能像牡丹多姿多彩？像梅花风姿绰约？像梨花洁白如雪？像桃花粉红如霞？又像茶花鲜红如火？……不不，这个世界让我来得太迟，一切都晚了！从此，自羞花感到心灰意懒，变得羞羞答答，久久地吐不出花蕾，枝叶显得无精打采，花头也无所适从地低垂下来。

在一个月高风清的夜晚，夜深人静的时候，花仙子们飘然而至，围在自羞花身边。牡丹仙子关切地问："你怎么还不吐蕾开花呢？春天总是属于我们大家的呀，千万别错过这美好的时节啊！千万别辜负人们的热切期待啊！"

迎春花仙说："我的职责是给人们捎来春天的信息！"

兰花仙说："我期望人间充满友情！"

百合花仙说："我要让每个家庭祥和美满！"

荷花仙说："我赞美出污泥而不染的人们！"

月季花仙说："让我每月开一次花还觉得不过瘾呢！"

无名花仙们都说："我们的花虽不显眼，可也为春天增色添彩啊！"

……

自羞花终于醒悟，认识了自己存在的价值：是啊！一个鲜活的生命怎能没有自己的创造呢？于是它重新振作起来，不久绽出了蓓蕾，开出了一种奇异的花：在纯洁似玉的白花面前，它立刻转变成黄色；在金灿灿的黄花面前，它立刻变成红色；在色彩鲜艳的红色面前，它又转变成紫色、蓝色、绿色……在众香国里，面对群芳总是觉得自愧不如，羞羞答答，然而它正开出了象征自己性格的花，独具一格而令人惊叹！

不久，一位创造学家前来参观了这种奇特的自羞花。他对随同而来的学生们说："在童年的时候，我们每个人都憧憬过自己的美好未来，表现出非凡的创造禀赋。可是，随着年龄的增长，这种创造的禀赋却逐渐消失、发挥不出来。其原因之一就是缺乏良好的引导和鼓励的创新文化环境，缺乏引导就会放弃努力；缺乏鼓励就会畏缩不前。在今后的创造活动中，你们一定要互相鼓励，杜绝冷眼旁观、冷嘲热讽，这样才会更有益于发挥每个人的创造才能。"

士兵和步枪

见到一幅锈迹斑斑的红缨枪照片和旁边的实物，一支著名的新自动步枪对它的主人——士兵说："这算什么枪哦！还有资格在这么庄严宏伟的博物馆里展览？你看它既没有枪管也没有枪栓、瞄准器和弹匣，连一发子弹也打不出来……"

士兵说："的确，作为武器你不知比它先进了多少倍；论才干，它绝对比不上你。这红缨枪真是太简单太原始了！在木杆的一端装上一块棱形的铁块就制成了，见了它就会想到原始人用的飞镖。可是，这红缨枪能在这里展览绝不是因为它的原始和简单啊！你再往下看它的文字说明：它可不是一支普通的红缨枪！它的主人是一位杰出的民族英雄，用它捉过汉奸，救出过受难的同胞，刺伤刺死过好几个侵略者。如今，人们一见到它就会想起烽火连天的岁月，想到英雄那不朽的功绩，让人浑身热血沸腾、肃然起敬！"

"这样看来，我真感到羞愧了！"那支自动步枪说，"那中空的外表也不值得人们崇拜啊！"

"说得对极了！"士兵说，"创造科学研究表明：像瓦特、法拉第、爱迪生、琴纳、莱特兄弟……那些杰出的科学家、发明家当初都不是知识、资历和才干特别出众的人，而他们的成功根本在于能够捉住机会、敢于攀登科技高峰和努力开发自己创造潜能的品格。"

瓦罐和铜罐

瓦罐和铜罐在一条静静的大河水面上飘浮着，铜罐见到不远处的瓦罐，异常兴奋地说：

"很荣幸，我们能在这里相遇，或许是缘分呢！能结伴旅行交个朋友吗？"

"那可不行啊！"瓦罐说，"我可比不上你啊！我们之间必须保持距离，因为只要你稍微碰撞我一下，后果就不堪设想。"

铜罐说："难道就不能再亲近一点吗？除了身份不同，其实我们也是同类啊！"

瓦罐说："我说不行就是不行！我们之间的障碍是无法逾越的，或者说，这是天生如此，命运注定，谁也无法改变啊！"

铜罐说："难道世界上就没有两全其美的事了？"

瓦罐说："我们之间恐怕不会有了！如果有的话，那就是奇迹了。"

铜罐还是不以为然，它不断地思考，不停地转着身子向四处瞭望。后来它发现有一只发泡的橡胶圈正朝自己飘来，就高兴地对瓦罐说："我们的奇迹就要出现了，我们还可以'零距离'接触呢！"

瓦罐还是不信，说："做你的白日梦吧？我可清醒着呢！"

不久，铜罐将那只橡胶圈捞起套在瓦罐身上，还故意重重地撞了它几下，见瓦罐安然无恙。它兴奋地说："奇迹原来就是这样的啊！你不断地追求它，它就真有可能发生；而你想不到它，它就永远与你无缘。而且正是在'不可逾越'、'无法达到'的那些习惯认识中，奇迹才会突然出现，然后让你大吃一惊！"

捕鸟人和蝉

有个外地来的捕鸟人，从来未见过蝉，也没有听过蝉鸣。他第一次听到蝉鸣，觉得十分新奇，就问过路的人："这是什么动物发出的叫声？"路人回答："这是蝉在鸣叫。"于是他根据蝉的叫声去寻找正在鸣叫的蝉，终于在一棵树上找到了。捕鸟人惊讶地说："原来是这么小的一个虫子。可它竟能发出这么大的声音来，我还以为是什么庞然大物呢！"

"真是少见多怪！"蝉听了生气地说，"你真是一个古板的人！在你们人类社会这样的例子还少吗？许许多多的小人物也做出了惊天动地的事情；许多大人物、专家和权威认为做不到的事，那些小人物却做到了！"

"不管怎么说，他们都是些天才啊！一般的人怎能与他们相提并论呢？"捕鸟人说。

"什么'天才'？他们在成为'天才'之前也与一般的人没有两样，有些甚至还是被人瞧不起的'小人物'哪！"

"这么说，我也可以成为'天才'了？"

"这倒不用怀疑！只要认准一个正确目标，终身努力，你就在未来'天才'的行列之中。做一个对社会有用的'天才'不是更好的选择吗！"

蝉说完又高声地长鸣起来。

富人和制革匠

有个富人的住宅旁边建起一家制革作坊。制革匠成天制革，臭气熏天，富人被呛得难以忍受。富人屡次与制革匠交涉，要他搬到别处去，制革匠只是口头上答应，其实一点儿也没有搬迁的意思。谁知时间一久，富人对那气味便习以为常了，也就不再要求制革匠搬迁了。

可是，后来富人发觉前来与他洽谈生意的人越来越少，经过了解这才知道：正是由于制革发出的让人难以忍受的臭气，谁都怕到他那儿去。富人没办法，只好自己主动搬走。

几年后，富人生意兴隆，富甲一方。正当富人春风得意时，富人故里传来了消息：许多人因闻惯了制革发出的臭气，不知不觉中得了一种怪病而倾家荡产……

富人听了感慨地说："真是机遇选择了我呢！这又有谁能预知啊！处在一种不良的环境和习惯中，即使受到了毒害，自己也不知道；而我换了一种环境，改变了一下习惯，却开辟出了一片崭新的天地。"

与鹅卵石对话

少年得到一块神奇的鹅卵石。在鹅卵石光滑的表面上有山有水、有太阳有云彩，还有一个翻着筋斗的孙悟空呢！他爱不释手，连睡觉也将它放在自己的枕头边。

有一天，少年起床时捧着那块鹅卵石好奇地问：

"是谁把你创造得这样完美？"

"当然是伟大的自然啦！"鹅卵石自豪地回答。

"大自然也会创造吗？"

"大自然每时每刻都在创造，从来没有停止过。自从宇宙大爆炸以来，大自然创造了日月星辰和我们的地球，还有我们眼前所能见到的湖光山色、树木花草、走兽飞鸟……可以说，最初的人类也是大自然创造的呢！人类走上了创造道路，通过创造性的劳动完美了自己，同时也创造了伟大的人类文明世界。"

"真是奇怪！人类的创造是从什么时候开始的呢？为什么在那么多的动物中偏偏人类会创造呢？"少年更加好奇地问。

"无论大自然还是人类的创造，都是由简单到复杂、由低级向高级发展的。大自然中物质的基本元素通过一系列相互作用后创造了最原始的生命，组成生命的蛋白质与核酸又经过一系列组合、生长发育、遗传变异之后，单细胞的原始生物出现了。后来又渐渐有了甲壳类、两栖类、爬行类、鸟类、哺乳类、灵长类这些动物。大自然是按其自己的规则进行创造的。

"大自然中的基本物质元素之间具有化学反应的特性。低等生物具有对刺激作出反应的特性，如鱼类，听见响声就会逃跑。较高等的动物具有由感觉作出反应的特性，如牛马，它能够感觉出来人对它的善恶态度，要是有人对耕牛说'我要杀了你！'那牛会流出眼泪来。而类人猿却具有由思维作出反应的特性，如它能知道锐利的东西所具有的功能，那些骨针、石斧、标枪都是人类早期的发明创造。尽管类人猿仅仅具有最最简单的思维方式，但这却使它走上了创造的道路，成为人类的祖先。"

"人类的创造到底是怎样发生的呢？"少年更加兴趣盎然。

"人类的思维能力也是在漫长的创造活动中不断提高的，猿人的大脑容量比现代人的大脑容量要小得多，通过对古人类化石的研究已完全得到证实。有了思维能力就能认识世界，感知事物，掌握和认识世界的规律；人类大脑有了思维就产生了意识；由于意识的支配、指导和参与，人类就在利用自然物的生存过程中获得了自己的创造！"

"真是奇妙啊！"少年异常兴奋地说，"当初人类发现火具有热能、被火烧烤过肉食更鲜美，就产生了用火取暖和烧烤食物的意识，逐渐发明了保存火种、取火和用火烧烤食物的方法。今天，我们每个人的思维能力不知比我们的祖先高出多少倍，可是绝大多数人都缺乏这种可贵的创造意识，仅仅享受现成的创造成果而不会主动去创造新事物。为什么不去创造一件新事物与大家一起分享呢？我们人类应该随时随地都保持创造的精神！"

第三辑
方法技巧
——送你创造事物的魔棒

芝麻豆沙饼与组合创造法

少年创创一边吃着早点一边在思考：什么是组合创造技法？当他呆呆地思考时，谁也没有想到，他眼前盘子里的那块芝麻豆沙饼突然对他说话了：

"这还需要苦苦思索吗？我就是用组合技法创造出来的一种食品啊！最初，人们用面粉烤制的饼叫面饼，后来与芝麻组合就成了芝麻大饼，现在又加进豆沙馅，这样一来又组合成芝麻豆沙大饼了。当然另外还要用到水，再加些食用油和糖等。"

"这倒是一种实实在在的用组合技法发明的食品。"创创兴奋地说，"可是，还有其他组合的发明呢？这种组合创造技法有什么特点和奥秘吗？怎样才能掌握它，让它来帮我创造发明呢？"

"说到那些组合发明，它们远在天边，近在眼前。"芝麻豆沙饼接着说，"人类文明所创造出的事物十有八九都属于组合性的创造发明。这些发明涵盖了人类的衣、食、住、行，大到用成千上万种技术组合实现的登月工程，小到人们衣服上的纽扣，只要认真地观察一下就到处可见。你们家有组合的物品吗？你刷牙要用药物牙膏吗？你吃过组合快餐吗？你用过组合的学习用品吗？你见到过电动自行车……你听说过水立方、鸟巢体育馆吗？

"组合发明几乎无所不能，有些构思让你惊奇，甚至感到不可思议。比如说，那个由音乐与垃圾桶组合的音乐垃圾桶，只要你投入垃圾，它就给你奏一段悦耳的音乐；比如说，那个由'树'与太阳能充电器组合发明的树形太阳能充电器吧，它造型优美，扩大了充电器的利用面积，融入了环保理念，与自然更加和谐了；再如一种救灾帐篷的组合发明，就像一个可以折叠伸缩的手风琴风箱，让人感到奇特，而且加工、运输方便，安装快捷而受到欢迎。"

"真是太神奇了！"创创说，"这组合创造真是无处不有、无时不在啊！"

"对极了！只要你想让生活更加完美，只要你无比热爱自己生活的这个世界，平时多多积累知识、多多观察生活、多多研究一些创造性思维方法和技巧，心中又存有一种无法扼止的创造渴望，那么，你就随时可以找到组合发明的切入点，将来一定可以大显身手、大有作为呐！"

发明家说：

组合创造技法连小学生都能使用，什么材质、结构、功能、方法、颜色、味道、方案和思想等等，都有可能相互组合起来成为一种发明。

玩具小·警车与移植创造法

大警车带着呜哇呜哇的警报声由远而近，在不远的一个地方停下，车上跳下几名警察急忙地执行任务去了。

这时，一辆玩具小警车突然冲了过来，在大警车的旁边停下不走了。

"你好，大哥！见到你来真高兴！"小警车抢先打招呼。

"哟嗬，我还有你这样的小弟，真是不可思议呀！"

"你没有见过我这样的警车？不就是小了一点嘛！你看我们的外形、结构完全相同，还有色彩装饰、报警器、'110 警察'及'POLICE'标志，也完全一样啊！"

"可是我们并不是同类！你是人类模仿我们警车外形，经过缩小后创造出的玩具警车呀。"

"模仿也叫创造吗？"

"单纯的或者完完全全、百分百地模仿，当然不可能是创造，而是仿造或再造了。如果移植或模仿事物的某个元素、某个部分用来创新，那就可以说是一种创造了。你看那橄榄球，外形多像橄榄，它是人类发明创造的一种体育用品，而不再是橄榄果的同类了。因为它只是模仿了橄榄的一个元素（外形）创造出来的。同样，电脑是模仿人脑的功能创造出来的，而不是仿照人脑的形状和脑细胞组织。古老的体育锻炼方法'五禽戏'，只是模仿了五种动物的动作；

口技只是模仿了自然界存在的各种响声或叫声。仿生也是一种特殊的模仿技法，主要用在工程技术领域。例如仿照鱼，发明了潜艇；仿照鸟，发明了飞机；仿照蝙蝠，发明了声音探测器；仿照狗鼻，发明了电子警犬；仿照响尾蛇的测热功能，发明了响尾蛇导弹……这种例子真是举不胜举，无奇不有。无论扩大、缩小，还是模仿一个部分或几个部分，或者其中某些元素都能得到发明或创新。"

"我知道了。"小警车说，"模仿事物的部分元素与创新的目标结合起来，也就是'模仿创造法'了。

鲜花·指套·凤爪与切割创造法

沙发前的茶几上，有一个插着鲜花的花瓶，主人织毛衣用的橡胶指套，还有一盘香喷喷的凤爪。主人不在的时候，它们攀谈起来。

鲜花首先说话了："我们生长在遥远的南方，不久前栽花人把我们采摘下来用飞机运到这座城市，然后又分送到各商场、超市和许多鲜花商店。通过他们送到爱花人的居室，情侣们的手中，还有那些喜庆的场所……人们都把我们当做美好的使者传递着友谊和善意，也让我们一展风采，奉献迷人的美丽和醉人的芳香。我们真可谓'幸甚，至哉'了！"

接着指套也说话了："我本是橡胶手套的一部分，后来被人取下来做了指套，用来点钞票、织毛线衣，派上了新用途。人类就是那么聪明，一点也不含糊！"

"可不是吗？"那凤爪接着说，"你们一看就知道，我们原先是鸡的脚爪，经过厨师的烹调，还取了一个'雅号'叫'凤爪'！成了许多馋嘴的美食。我们真的都很幸运！"

那茶几听了它们的谈话，异常高兴地说："我向你们表示祝贺！因为你们都有自己独特的价值，成为人们欢迎的新事物。你们还有一个共同点，都是人们用某种创造方法创造出来的事物。"

听到这个"共同点"时，鲜花、指套和凤爪都皱起了眉毛。于是茶几又向它们解释说："从一个完整的事物上切割或分解出其中的一部分，使之成为一种具有独立价值或意义的新事物，这种创造方法就叫'切割创造法'。其实，人类从动植物身上切割、创造的无数食物早已司空见惯。而这种创造方法在其他领域也有很多应用：像文摘类的报刊如《剪报》；汽车及其他工程机械配件的专门商店；人们将狗的叫声'切割'出来用于报警器；将昆虫的叫声'切割'出来用于家电；将花果的气味'切割'出来用于食品、化妆品等；将戏剧的精彩片断'切割'出来就发明了折子戏；将传统古建筑的某些元素'切割'出来就有了创新的建筑物；将'小美人鱼'从丹麦'切割'出来就成了上海世博会的一个闪光的亮点……"

张牙舞爪的猫豆与缩小·创造法

生物学家有个奇怪的念头，一心想利用基因技术将家猫变得很小很小。后来经过一系列认真研究和工作，那家猫真的一代一代地变小，最后变得只有花生壳那样大，人们给它取了一个名叫"猫豆"。

猫豆虽然身体很小，可是外形仍像 只猫。它的叫声更小，就是那些听觉灵敏的人也很难听见。但这不要紧，只要将声音扩大器放在猫豆面前，就照样能听到它"喵呜、喵呜"的叫声。猫是耗子的天敌，耗子见到猫总要逃命。可是，猫豆第一次见到一只小耗子时大吃一惊，心想：哪来这么大的耗子？我可是一只猫，能怕它吗？于是猫豆又想要耍猫的威风，张牙舞爪地摆出一种进攻的架势，但又不敢真的扑上去，只得"喵呜、喵呜"地叫个不停……再说那只小耗子，它只是感到惊奇，却一点儿也不害怕，还故意地用尾巴一扫，猫豆立刻被绊了一跤。猫豆正要逃避，却被小耗子的前脚按住。小耗子高兴极了，索性用嘴将猫豆叼到它们的洞口。洞里的耗子闻讯纷纷出来将猫豆围在中间，猫豆就像刚被捉来的俘虏。一只老耗子得意地说："我们祖祖辈辈都受够了猫的欺负，今天该出出这口怨气了！你们就好好地玩，等你们玩够了，就先让我来尝尝这猫肉的味道！"

生物学家通过监测装置早已洞察了这一切，迅速地消灭了这些耗子，救出了身处危险中的猫豆。事后有人问生物学家："这猫豆再也不能成为耗子的克星，那么它还属于猫吗?"生物学家回答："猫豆就是猫豆，它再也不是原来的猫了。"

发明家说：

根据实际需要，有目的地将事物缩小到一定程度就能得到一种创新或发明，这就是"缩小创造法"。这样的创新或发明五花八门、到处都有，如儿童玩具中的汽车、飞机、坦克、刀枪，缩小的各种生活用具、医疗器具等等；工艺礼品中缩小的仿古青铜器、兵马俑、各种兵器和雕塑等等；生活、办公用品中微型的收音机、电视、笔记本电脑、计算器、复印机、订书机，以及各种小装饰物品等等；工程技术中缩小的产品模型、试验模型等；在医院中采用微创手术、微型机器人治病等。许多缩小的发明和创新解决了不少实际难题，给人们带来了舒适和方便，而且还节省了大量能源和原材料。

巨人胡子刀与扩大创造法

百货超市里进了一批货物，其中有一种"电动胡子刀"，由于特别大而引起了轰动。

镜子惊讶地说："我最了解胡子刀了！普通人的胡子还不到0.1毫米粗，胡子刀片外的网眼差不多也只有半毫米大小。可是，这胡子刀真是大得出奇，那网眼直径就有3毫米了！世界上最高的人也没有超过3米呀！他们的胡子也不可能有超过1毫米粗的吧？这胡子刀真怪！给谁去刮胡子呢？我看只有《格列佛游记》中大人国的居民才用得上……"

"我也觉得奇怪！"木梳接着说，"我见过各种各样的刮胡子刀，就是没有见过这样大的。在它的面前，我们不就成了小人国的用品啦！"

"真是不可思议！"一把普通的电动胡子刀说，"现在你成了我们胡子刀产品中的'巨无霸'或'大哥大'了！除了摆摆样子又能做什么呢？在这个世界你真没有用武之地啊！"

那"巨人胡子刀"听了哈哈大笑起来，对它们说道："你们都以为我是用来刮胡子的吗？的的确确，我的外部结构形状与你们刮胡子刀几乎完全一样，可是我不再是刮胡子刀了！而是新发明的一种家庭用品，专门用来修剪衣物上的毛球的，所以给我取名叫做'毛球修剪器'，在刀片后面还有一个专吸毛球灰尘的小电风扇呢！

很多人一知道我的用途就来购买，使用后还赞不绝口，可受大家欢迎啦!"

镜子、木梳和普通刮胡子刀一听恍然大悟。镜子惊奇地说："发明家真是些不可思议的人! 这些发明常人连想都想不到，他们又是用一种什么'魔法'发明的呢……"

后来有发明家对它们说："你们觉得奇怪吗? 如果有目的地将一种事物扩大、放大或加大到一定程度之后，就是一种创新或发明。这就是'扩大创造法'。每当人们听到或从电视里见到的那些造型别致、大得出奇的巧克力、蛋糕、月饼、粽子等食品; 几十米长的'牛仔裤'，瑞士制造的直径有 16.3 米、重达 13 吨和表带长142 米的特大'手表'等物品，都无不感到震惊，给人们留下了深刻印象，制造了轰动效应，从而大大有利于产品投入市场。此外，工程技术方面的扩大创造，如大型客机、大型发电设备等，都能产生更好的社会经济效益。经过扩大创造后，其中有些事物如那巨型牛仔裤、特大型手表等，它们已不再属于原来事物的一类，而只是一种广告宣传品; 还有如家用的'手表式挂钟'、衣物用的'毛球修剪器'，教学用的展示分子结构的模型等等，相对于原物也都属于新的发明了。"

大胖和蚊子与利弊创造法

夜晚，一只狡猾的老蚊与一只幼蚊趴在一扇玻璃窗上。

老蚊自信地对幼蚊说："听着，耐心点儿！只要我们在这儿待着，肯定能吃到一顿饱饱的美餐。"

幼蚊不解地问："那个大胖正在床上睡觉，倒是个吸血的好机会。可是，这房间的门窗都紧闭着，我们怎能去吸他的血呢？"

"笨蛋！"老蚊回答说，"你要知道，什么事情总有利的方面，同时也存在弊的方面。那个大胖将门窗紧闭，不就是为了防备我们去叮咬、吸他的血吗？可是现在天气又闷又热，房间里又没有空调，时间一久，这小房间里的空气就不再清新，而且还会越来越糟。胖子总是怕热的，等到他受不了这糟糕的空气时，他就会自动起来打开窗户透气的。那时我们趁机冲进房间去，不就能得到这顿美餐吗？"

谁知，那个大胖并没有睡着，对这两只蚊子企图暗算自己的对话听得一清二楚。他警觉起来，忍受着房间里的沉闷空气，一直坚持到天明才去打开窗户。

白天，大胖想了很久：怎样才能让窗户既可以透气，又可以挡住这该死的蚊子进屋呢？他终于想出了办法，买来一块纱布制作了几扇纱窗。

当天晚上，那一老一少两只蚊子又飞来了。它们隔着纱窗见到那个大胖正高枕无忧地酣睡在自己的床上，仿佛还能看见他那有力的心脏正在跳动，听见他那热血在血管中流动的声音，老蚊急得馋涎欲滴却又无可奈何，它绝望地说："我们再也不要打他的主意了，还是到别处去吧！"

"怎么？"幼蚊还是迷惑不解，"你昨天还说，什么事情总是'有利有弊'的呢！"

"这倒不假。"老蚊感慨地说，"可是，人类是些善于创造的动物啊！这大胖将玻璃窗户阻挡蚊子的'利'保留下来了，而把它不通气的'弊'给去掉了，真是聪明啊！这就是人类创造智慧的绝妙之处！"

"哈哈！"那大胖并没有真睡，从床上跳起来说，"你们蚊子也知道人类的创造奥秘？'存利除弊'或'减弊增利'合起来运用就是'利弊创造法'。这一技法对于人类来说，岂止是为了对付你们这些蚊子，它的用途可大啦！当初发明的圆珠笔，书写到约两万字时，就会出现油墨严重泄漏现象，把稿纸弄得一团糟，一度失去了人们的青睐。有人减少笔芯中的油墨，保持正常写到少于两万字时就无油墨了，结果这种圆珠笔又有了市场。人们发现饮用水中存在有害健康的物质，就设法净化饮用水、去除这些有害物质，于是就发明了净水器。此外，如改成磁吸式的飞镖玩具，也是采用了这种存利除弊的创造方法……所以，这种'利弊创造法'给人们带来了很多实惠呢！"

颜色诉苦与减少创造法

那些用来绘画的颜色到处向人诉苦说："唉！我们真是不幸。你看我们颜色不管在知名画家、还是在初学绘画的爱好者手上，总是在一天天减少，耗尽之后就在世界上消失了！这'减少'太可怕了！我们恨死它了！世界上要是没有'减少'这个怪物就好了！"

有位画家对它说："我看这'减少'也未必是件坏事。你在我们画家手中减少耗尽之后，不就成了美术作品吗？在初学绘画的爱好者手中减少耗尽之后，他们的绘画技巧不是提高了吗？"

有位哲学家对它说："这'减少'是客观事物存在的一种形态，它并不可怕也不可恨呀！你看这洗衣机的寿命也在一天天减少，可是它为人们清洗的衣物却一天天增多。安全事故的隐患在减少，人们的生命财富不是更有保障了吗？"

有位发明家对它说："这'减少'在发明世界也是一种不可缺少的创造方法呢！人们用'减少创造法'创造了无数的奇迹，为生活增添了光彩。有些事物在数量、成分、功能或结构等方面减少之后，就导致了发明和创新。如工程设计中零部件或结构的减少，工艺技术中的工序或工步的减少，管理系统中减少不必要的环节等等。自行车减少一个车轮，就成了杂技演员用的独轮车；汉字笔画的减少，就创造了简化汉字；眼镜减去架子就发明了隐形眼镜；袜子减去脚跟就成了无跟袜；医疗手术中为减少患者的痛苦，结果发明了微创手术……"

熊力士取经与添加创造法

熊大王要建一座宏伟的宫殿，征来一批身强体壮的熊力士，要它们在限期内把选好的石料从边远的采石场运到工地。否则，将受到严惩。

面对着一块块巨石，虽说熊力士个个力大无比，却也都觉得力不从心。它们用绳索拉，用撬杠撬，巨石只能缓缓移动，而且还常常被卡在地上，用尽吃奶的力气也拉不动。绳索拉断无数，撬杠也撬断了不少，熊力士个个累得精疲力竭，东倒西歪地躺在地上喘着粗气。要在限期内把巨石运到工地已无希望，这些以力大为荣的熊力士开始发愁了。它们决定去找聪明的人类，向他们取经。

一位老人只对它们说了一个字"加"，熊力士们疑惑不解。老人说，就这个"加"字，已足够解决你们的难题了！

熊力士们议论纷纷，到底要"加"点什么呢？

有的说：增加熊力士数量，这根本不可能。

有的说：加粗绳索，加强撬杠，这也毫无意义。

有的说：加大每个熊力士的力气，这谁也无法办到呀！

……

智者千虑，必有一失；愚者千虑，必有一得。这些笨熊终于想到一个办法：在路上"加"水，让水在路上结冰，变成一条冰路。熊力士们将巨石撬到冰路上，推的推、拉的拉，既快又省劲，结果，将这些石料提前运到了工地。

发明家说：

做数学里的加法，谁不会呀？可是，运用'添加'的思维来发明创造，这就是"添加创造法"。你们也会吗？有时衣服上的拉链拉不顺畅，加点蜡，拉起来马上就轻滑自如；牙膏里加点药物，于是就有了各种药物牙膏；梳子加上电热装置，就发明了电热梳……2003 年'SARS'期间，人们在公共场所都戴口罩。后来，有人在口罩上'添加'了文字、图案或色彩，不仅有美化效果，还起到心灵和情感沟通的作用。

乌龟和猴子与替代创造法

一只顽皮的猴子从主人那里逃了出来，爬上了一座高高的铁塔，鸟瞰了四周的景色，下来时遇见一只乌龟。乌龟十分羡慕，说："要是我也能到铁塔顶上观光一番该多好啊！"

"你做梦去吧！"猴子想了想又说，"不过，这倒是个美妙的憧憬，可是你们乌龟过去做不到，现在做不到，将来也注定做不到！"

"我不相信！"乌龟说，"我们祖祖辈辈确实没有登上这种铁塔的记载，不等于以后也没有啊！"

"不行就是不行！"猴子说，"你有像鸟儿一样的翅膀吗？有像我们猴子那样灵巧的四肢吗？……"

"当然没有。但我有大脑啊，总会有办法的！"

"大脑有什么用？要靠天生的本领啊！"

"人类没有翅膀也飞上了天，还能到太空去旅行；我们乌龟没有兔子那样的快腿，不照样赢得了长跑冠军的奖杯？"

"说这些，我弄不明白。"猴子挠挠脑袋说。

"有啦有啦！"乌龟突然高兴地说，"只要你肯帮助，现在我就可以到铁塔顶上去观光了！"

"我肯帮助？哼！你说吧！"

于是，乌龟说出了自己的想法。接着，乌龟用嘴咬住猴子脖子上的那只皮带圈，猴子又飞快地爬上了塔顶，观光了一阵子。回到地面后，乌龟异常兴奋地说：

"让那些无所作为的悲观想法去见鬼吧！用脑胜于用手，许多时候并不是真的没有办法，而是根本就没有认真去思考，只要肯动脑筋，许多问题马上就能得到圆满解决。这种'替代思维'既不复杂，又能解决实际问题，谁都能运用它。"

"说得对！不过，还应当提高一步，要是能总结出一种实用的创造方法来就更好了！"一位发明家接着说，"这回你能如愿以偿，全是猴子代劳的呀！这样的现象还真不少：人类用机器人替代自己工作，用电脑替代人脑、用纸替代布、塑料替代金属、先进技术替代落后技术、简单的事物替代复杂的事物……所有这些，不都是创造性地解决问题的一种途径吗？告诉你们吧，这也是一种实用的创造技法啊！学过创造学的人都知道，这种创造技法就叫'替代创造法'。"

最后的野餐与联想创造法

几千年前，我国中原地带仍处在奴隶制时代，奴隶们处在水深火热之中。他们渴望自由而有尊严地生活，不堪奴隶主的残暴和压迫，纷纷起来暴动。

有个地方的奴隶组织起来杀死了奴隶主，到处攻占奴隶主的庄园，解救自己的同胞，声势越来越大。

奴隶主们惊恐万状，赶忙联合起来镇压奴隶的暴动。奴隶们不屈不挠、视死如归、奋勇抵抗，终因寡不敌众一直败退到黄河边。他们脚下是一片荒原，前面是宽阔的黄河，不久追兵就会赶到，处境十分险恶，已濒临绝境。

奴隶中有的叹息天意难违、命运不济；有的愤愤不平，决心拼死一战，流尽最后一滴血；有的还在默默祈祷……领头的奴隶在绝望中对众奴隶说："眼下处境大家一定明白，我们将必死无疑！为了自由我们死而无憾，不求同日生，但求同日死！上苍给我们的时间已不多了，荒野上有成群的野羊，我们赶快捉些野羊杀了，痛痛快快吃一顿烤羊肉，最后一次尝尝这人世间的美味……"

奴隶们果然捉来许多野羊。正在杀羊、剥皮、切割、烧烤羊肉时，有个奴隶发现黄河岸边水中有一只动物浮尸，他目不转睛地盯着沉思起来：被水泡得鼓鼓的动物浮尸为什么浮在水上而不下沉呢？……不久他异常惊喜地奔跑回来对大家说道："赶快去烤羊肉吧！吃了羊肉我们都能够过河！我们将脱险获得新生！不过，一切得照我的想法去办。"

奴隶们围着火堆痛痛快快地吃了一顿烤羊肉，然后那个奴隶带领大家将反剥下来的羊皮集中到一块，捆扎的捆扎、吹气的吹气，最后又将吹得鼓鼓的羊皮袋几个几个地捆在一起，放入黄河水中。就这样，他们利用这些吹得鼓鼓的羊皮气囊平安地渡过了黄河。

当奴隶主的追兵赶到黄河边时，只见满地羊骨和柴火的灰烬，而没有找到一个人。追兵回去向奴隶主报告说："他们吃了一顿烤羊肉，然后全都投河自尽了！"

可是不久，黄河上开始出现一种新奇的渡河工具——羊皮筏。

这羊皮筏是怎样发明出来的？若没有见到文字记载，发明家也许会这样对你说：

联想和想象是人类最重要的两种思维方式，通过对某事物的联想，又经过扩展想象加工后，可以产生许多新奇的图像，给人们以突破性的启示。这种联想和想象已不知为人类创造了多少奇迹！猜想那羊皮筏的发明也不会例外吧？处在危险或者绝境的压力之下，人们的创造力更能发挥出来。那个聪明的奴隶或许就是通过对"被水泡得鼓鼓的动物浮尸"的相似联想和想象产生了突破性的启示，使得创造的灵感飘然而至，为他和自己的同胞创下了绝路逢生的人间奇迹！从此这个世界上才有了"羊皮筏"这一奇特的渡河运载工具。

阿留锯树杈

古时候有一种条凳，用一块长条形的木板做凳面，而它的四条凳脚则用两个树杈制成。

有一天，主人对阿留说："我要做一大批条凳，你带上锯和梯子到树林里去，把能用来做凳脚的树杈都取回来。"阿留应声而去。

不久，阿留回来对主人说："我在树林里转了几圈，可是，没有一个树杈是朝下长的！所以连一个能做凳脚的树杈也没有取到。"

主人笑着说："没有向下长的树杈，总有向上长的树杈吧？不一样可以做凳脚吗？"阿留听了应声而去。

过了一段时间，阿留回来对主人说："凡是向上长的树杈我都取下来了，可是，还差很多啊！"

主人又笑着说："那些朝东、朝西方向长的树杈呢？也是可以用来做凳脚的呀！"阿留听了又应声而去。

过了不少时间，阿留回来对主人说："朝东、朝西方向长的树杈我全取下来了，还差不少呢！"

主人还是笑着说："还有朝南、朝北、朝东南、朝西北、朝东北和朝西南方向长的树杈呢？"阿留听了再次应声而去。

过了很长时间，阿留回来对主人说："所有能用来做凳脚的树杈全取下来了！"

主人过去一看，高兴地说："这下数量足足有余啦！

发明家说：

僵硬的直线思维只能够依样画葫芦，思路单一，没有一点创造性。采用全方位的立体思维，有无数条思路，创造性更强，可以找到无数个构想方案，有利于发现更适合的创造构想。

驴子和赶驴人

赶驴人赶着驴子在山道上行走，驴子突然离开山道向侧面的悬崖方向跑去。赶驴人越是想把驴追赶回来，驴子越要往那边去。快到悬崖时，赶驴人死死揪住驴子的尾巴，想把它拖住，可是那驴子还是拼命挣扎着朝前走。赶驴人实在拖不住驴子，万般无奈时只好放手，十分生气而又绝望地说："好吧！你马上就要胜利了！"

那驴子冲到悬崖边，突然停住了脚，转过身来对赶驴人说："还是你最后胜利了！"

赶驴人惊奇地问："到手的'胜利'为何又放弃了呢？"

驴说："这可是一种悲惨的'胜利'啊！我干嘛不放弃？"

赶驴人说："就这么一会儿，你怎么突然变得聪明起来了？"

驴说："你听说过吗？一种愚蠢行为的突然终止就是聪明，有时还可能是一种创举呢！"

"哦，是因为有了知识你就变得聪明起来了！"赶驴人说。

"不不不！不是这样的，有了知识而不能创造性地加以运用，同样愚蠢！"驴得意地回答。

"那么，你这次运用了什么知识，又是怎样创造性运用的呢？"

"那是一种逆向思考的方法，就是反过来思考、倒过来思考问题的一种方法。当你看到我快要冲下悬崖、说我'就要胜利'的时候，我突然想到自己'马到上就要失败'了！这才终止了愚蠢的行为!"

赶驴人惊喜地说:"啊呀!简直不敢相信这是真的!学会了创造性思考,连你这样的笨驴也要刮目相看了!"

"现在你相信了吧?"驴子骄傲地说,"学会创造性思考是变得聪明的一条捷径。我敢打赌,今后只要我们驴子都学会了创造性思考,从此天下就不会再有'蠢驴'了!"

吞食牡蛎和卵石的狗

一只狗吃惯了鸡蛋，竟将一只大牡蛎吞下了肚。它痛得要命，哭着喊着，叫爹叫娘，结果在医院通过手术才取出了牡蛎。可是不久，那狗看到一个像蛋样的卵石又吞下了肚，医生将卵石取出后对它说："按理说，你吃惯了鸡蛋，应当对鸡蛋很熟悉，怎么连牡蛎和卵石也分不清而当成了鸡蛋呢？"

狗说："大概就是因为我太熟悉鸡蛋了，所以一看见像鸡蛋样的东西就当做鸡蛋吞下了肚。这叫我如何是好？总不能老是来医院做手术啊！"

医生说："我们外科医生能不做手术吗？要么你就得去找心理医生了！"

后来狗接受一位心理专家的治疗。

心理专家对狗说："这种现象许多人都存在，叫做'单纯求同思维'。有这种习惯性思维的人，总是将不同或相似的事物看做是相同的东西，结果闹出了许多许多笑话来。"

狗问："那么我今后怎么摆脱这种思维习惯呢？"

心理专家回答说："这种思维习惯有个特点，就是特别善于求同，看不同的东西能首先看到它们的相同之处，比如鸡蛋、卵石、牡蛎都是圆形的；比如鸡骨、猪骨、牛骨，都能看到它们都是骨头……可是光善于求同还是不行的，同时还得学会求异，就是说，当你看到你熟悉的东西时，就要有意识地将它们看成陌生的东西，然后再分辨出它们之间的不同之处，比如在一些圆的东西之中分辨出鸡蛋、鸭蛋、鸟蛋……分辨出牡蛎和卵石……经常注意这样的练习，那么以后就不会再吞像蛋一类的牡蛎和卵石了。

"在人类中，善于运用这种'求同求异'的思维方法用途更大啦，不仅可以发现事物之间的差异，还可以得到许多发明创造的机会呢！居里夫人发现物质元素'铀'带有放射性之后，运用'求同'思维：'在已发现的物质元素中，还有像铀那样带有放射性的物质元素吗？'结果又发现了放射性物质元素钋和镭；关于用'求异'思维成功的例子也不少呢！据说当初电风扇发明出来后，外观装饰都是千篇一律地采用黑的色彩，有家生产企业用了'求异'思维，将电风扇外观装饰改成各种柔和的浅色。就这么一点儿与众不同，结果那家企业一枝独秀，赢得了市场，原先担心会大量积压的产品立刻销售出去了。"

公鸡和宝石

庄户人家里养了一群鸡，比起其他的鸡来更有灵性。它们对自己祖先创造的一则寓言提出了质疑。关于这则寓言，伊索是这样描述的：有只公鸡在户外扒食时，扒出了一颗硕大的宝石，面对这颗闪闪发光的宝石，公鸡却不屑一顾地说："若是人类得到你，一定会欣喜若狂，而对于我们鸡来说，又有何用？就是拥有全世界的宝石，也顶不上我们眼下所需要的几颗麦粒啊！"

现在，这群鸡常常在一起讨论能否将宝石变成麦粒的事。一次，它们在野外觅食时，扒出了一只装满金币的陶罐。鸡们高兴得大叫起来，都说："有了金币就会有吃不完的麦粒啦。"

这时，庄户人远远地听到公鸡突然打鸣，母鸡像下了蛋似的不停叫唤，觉得奇怪，赶到那里一看，心里全明白了。他异常感激这群鸡，还说："多么可爱的鸡啊！我一定给你们盖最好的鸡舍，让你们每天都有吃不完的麦粒！"不久，这个勤劳朴实的庄户人将自己的许诺全兑现了。

这群鸡十分幸运，直到老还不忘启迪它们的下一代，常常对它们说："记住，不要以为什么都与自己无关，以免失去自己可能成功的机会；也不要以为什么事本身永远就是那个样子，它们也是可以转变的呀！学会思维转换实在太重要了！只要思维的大脑一转弯，你们就会发现一片新天地。对啦，你们还得时刻记住：要少用用那种直来直去的思维方式。"

反败为胜的猫

一座深宅大院里住着许多老鼠，被一只猫发现了，就不断地去捕捉它们。老鼠天天遭到捕杀，数量越来越少，可是剩下的老鼠却变得越来越狡猾。后来猫很难再捉到老鼠，就想用计将老鼠引出来。它倒挂在一个木橛子上装死，老鼠从洞中探出头看见了，便大声对它说："别枉费心机啦！你就是变做一袋麦子，我们也不会上你的圈套的。"

这时，一只胆大的老鼠溜出了洞，猫立刻跳下来追捕。那鼠钻进一只玻璃瓶里，猫在瓶外守着。猫假装离开瓶子，老鼠也走出瓶子观望；猫使了个回马枪杀回来，老鼠又钻进了瓶子。猫说："我认输了，不吃你了，快出来吧！我还要向你赔罪呢！"老鼠说："叫我怎能相信一只猫的承诺，你得离开这里，走得远远的，否则我是不会出来的。"

猫在束手无策之时，来了一只母鸡。母鸡说："你是捕鼠的专家呀，怎么就没法治治它呢？"猫不服气地说："说得轻巧！你来给我出出主意？"

母鸡思考了一下说："这有何难？除了你那习惯的几招外，其他的方法还多得很呢！比如说，用瓶塞将那瓶口堵住，闷它个半死再把它从瓶里倒出来；比如说，你用爪子伸进瓶子，只要捉住它的尾巴就能把它拖出来；比如说，往瓶子里灌水，往瓶子里熏烟……

比如说，干脆砸烂瓶子……

"臭鸡婆！别再说下去了！这回我死——定——了。"只见那只原先神气活现的老鼠，正在瓶里瑟瑟发抖。

猫一听母鸡的话，茅塞顿开，说："我也会！"就捧起那只玻璃瓶使劲地摇晃，把老鼠撞得昏死过去。猫把老鼠倒出瓶子，一边津津有味地吃着，一边说："这只鼠真乖，味道真好！真没想到一旦抛开习惯的方法，采用扩散思维（也叫发散思维，即多角度、多方向地思考）还能找到这么多的方法啊！真有启示，真是妙极了！"

第四辑
培养品格
———助你展开创新的翅膀

院士和三个少年

　　院士来到一座美丽的城市，听说城里有三个少年异常崇拜创造，将创造作为自己一生追求的理想，渴望未来成为人人尊敬、硕果累累的发明家。院士十分感动，特地挤出时间约见了他们，并询问他们平时在想些什么或做些什么。

　　第一个少年说："我天天想创造，时时想创造；吃饭时想、走路时想、睡觉做梦时还在想。总之，时时刻刻在想创造，无时不在准备创造；相信只要大脑想着创造，眼睛盯着创造，随时着手创造，那创造的机遇或许在今天、明天、后天；今年、明年、后年……像一匹黑马令人吃惊地来到自己身边。到那时，我的理想就实现了，就会成为一个人人羡慕的无上荣耀的发明家了。"

　　第二个少年说："我成天钻研学习、看书；除了看书，还是看书；总之，一有时间我就看书。我以为脑袋里只要装满书，有了渊博的知识，还愁以后不能发明创造？我从不怀疑我的第一项发明将在今后某一天不期而至，以后的第二项、第三项……发明也都会接踵而来。还用说吗？那时我就是有口皆碑、公认的发明家！"

　　第三个少年说："我每天都在想象、思索，希望地球绕着自己转；还老是在憧憬：这个物品太陈旧了，我要将它创新；那件东西还不够完善，我要把它变得更加完美。总之，别人想不到的东西而我想到了，别人做不到的事情而我做到了……后来嘛，我做出了许许多多的从未见过的新奇发明，从而一鸣惊人，让世界大吃一惊！于是我就成了像爱迪生那样的大发明家，享誉世界，或许还会有人为我创建一座雕像呢！"

院士笑了，对他们说道："你们都有这样一个美好的志向，都想为世界增光添彩，成为一个成就辉煌的发明家，难能可贵，我很赞赏！可是，就你们每个人现在的所作所为，或许恰恰相反，将来你们当中没有一个人能成为真正的发明家！"

院士对第一个少年说："你将来会成为一个没有任何成果的'创造乞丐'！"

接着，他对第二个少年说："你嘛，归根结底只能变成一座'知识仓库'！"

最后，他对第三个少年说："还有你，将是一个什么也不会真正拥有的空想家！"

三个少年听了十分震惊，茫然不解，恳请院士指点迷津。

院士说："请记住：你们每个人所缺少的，恰好是其他两人所拥有的；如果现在你们都将自己所缺少的补上，那么，将来你们每个人都有希望成为名副其实的发明家！因为发明家身上常常具备这样三个明显的元素：有随时准备创造的头脑；有足够的相关知识；善于异想天开的想象。"

上天筑路的王子

当着满朝文武大臣，国王对自己的两个王子说道："我已经老了，我的王位将由你们当中的一个来继承，究竟谁有资格继承，我不指定。现在我要你们去做同一件事：在偏远的大山中有一棵巨大的翡翠树，举世无双、价值连城。那里山高水险，到处悬崖峭壁，路绝人稀。你们两个之中谁能最先把翡翠树完好无缺地运到王宫，就由谁来继承我的王位！"

接着，国王又对那些大臣们说："现在就由我的王子各自说出运回国宝的办法，你们之中相信哪个王子就协助他去办这件事。最先成功的王子就立即登基加冕，继任国王，跟随者加官晋级仍做大臣；而另一个王子和大臣则一律降为庶人。"

大王子想来想去，也没有想到更好的办法，于是就说："要运回国宝，采用人扛马驮的办法绝对不行！必须开山筑路、逢水架桥，然后用大马车拉回来。"

"这是唯一的办法吗？要这样，至少要花三年时间呀！"国王提醒大家说。

"没有其他办法了，我们理所当然支持大王子！"过半的大臣都这样说。

这时，小王子经过一番考虑后说："我要上天筑路，再将国宝运到王宫！"

听了小王子这么一说，宫殿上下一片哗然，连国王也大吃一惊。没有想到平时聪明过人的小王子会这样异想天开，提出这种荒唐、不可思议的空想。满朝大臣都觉得跟随小王子前途未卜、希望渺茫，纷纷投向大王子一边，并为他出谋划策。

从这天开始，大王子和众多大臣开始忙碌起来：勘测地形、设计图纸、组织人力、准备物资……分工有序，日夜不停地大干起来。

其实，小王子当时心中也无底，只是相信会有更好的办法。他带着几个大臣悄悄出国调研，不久发现邻国正在研制一种热气球，他心中豁然开朗：可以用它将国宝运回王宫呀！于是他立即参与这种热气球的研制，刻苦学习驾驶热气球的本领。正当大王子紧锣密鼓准备施工的时候，小王子顺着风向驾着热气球已将国宝抢先运到王宫。

国王见了又惊又喜，不解地对大家说："我那诚实的大王子脚踏实地、任劳任怨地工作却常常不能如愿，而聪明的小王子往往用'异想天开'大获成功！这到底是怎么回事？"

国王身边有位睿智的长者，他说："与联想、幻想一样，本来'想象'只是一种思维方式，然而敢于异想天开的人将大胆想象作为习惯的时候，那就成了创新者的一种可贵品格了！当一种异想天开的想象成为不可动摇的信念和目标的时候，一旦条件、时机成熟就能变为现实。因此，善于想象并有效地运用想象去探索、创新事物，就能产生一种神奇的能力，这正是那些聪明绝顶的发明家、科学家、文学家和艺术家突出的过人之处……国王殿下，还用怀疑吗？赶快准备为小王子登基加冕吧！"

狮子和狐狸

为了共同的利益，狮子和狐狸结合在一起。狐狸机灵，主意多，负责寻找猎物；狮子力气大、爪子锐利，负责捕获猎物。它们约定按贡献大小来分配猎物。过了一段时间，狐狸想：若没有我发现猎物，给狮子出谋划策，狮子哪能顺利捕到猎物呢？狮子也在想：光说不干，顶个屁用？若没有我奋力追捕，猎物能到手吗？因此狮子总是占有大部分猎物，而狐狸心里却很不平衡，认为自己贡献大、吃了亏。

狐狸偷偷地离开了狮子自己去捕食。由于很长时间没有亲自捕食，连追捕田鼠、野兔等小动物也不能得心应手，因此狐狸常常饿着肚皮。狮子因为没有狐狸在身边，捕食也变得困难起来，也三天两天没有食物进肚。

一天，狮子和狐狸相遇。

狮子说："你看，我们现在都饿着肚皮呢！还是重新合作吧。"

狐狸说："对呀！我们不应该散伙。当下到处都在讲合作嘛！"

狮子说："你知道这是为什么吗？"

狐狸回答："如今人类也是这样，彼此之间只有合作才能和谐共存，事业才能发展，创新才能成功。因为 1＋1 的合作不等于 2，而是等于 3……等于 8、等于更多呀！我们共同生活在这个世界上，没有一点儿合作精神怎么行呢？"

乌龟和兔子

乌龟和兔子进行长跑比赛。兔子自恃腿快，根本没有把乌龟放在眼里；乌龟也有自知之明，知道自己腿短，跑不快。兔子想：我就是让乌龟先跑半天，我也能追上它赢得这场比赛，而且还赢得十分光彩；乌龟也思忖：我只要争分夺秒，不停脚步、奋力奔跑也有可能战胜恃才自满的兔子。兔子过于自信，在比赛中睡了一觉，结果让乌龟夺得了冠军。

此后，兔子一直不服，一心想挽回名声，三番五次地去找乌龟，要求再次赛跑。乌龟想，要是兔子真的接受了上次比赛的教训，自己必输无疑。这时，许多聪明的动物都来给乌龟出谋划策，保证让乌龟再次夺魁。乌龟说："如果用不正当的方法取得胜利是不道德、不光彩的，比赛也就失去了本来的意义。"

乌龟和兔子终于约定第二次比赛。那天，兔子跑起来像闪电一般，早早到达终点。兔子索性在终点睡了一觉，醒来时，乌龟才气喘吁吁地跑过终点线。乌龟虽然输了，却很坦然，它对大家说："胜负并不重要，尽力才是一种品格，诚实永远是我们立身处世的根本。"

乌龟虽然输了这次比赛，却获得了"比赛风格奖"。

乌鸦的情商

一只乌鸦突发奇想，决定以草为食，想要成为当今独一无二的食草乌鸦。乌鸦飞到青草那儿说：

"你们见过食草的乌鸦吗？"

"没有哇！"青草们回答说。

"我从现在开始就以你们为食，这对于我们乌鸦来说，是前所未有的创举啊！你们支持我吗？"

"我们怎么会不支持呢？其实，许多惊人的创造并不需要很高的智商，看上去谁都可以办到，只是有人捷足先登罢了。"

"是啊，是啊！"乌鸦说，"以草为食，这可是我第一个想出来的，捷足先登的应该是我！"

乌鸦一连吃了几天青草，觉得非常难受，很不适应，闻到青草的气味就恶心，再也坚持不下去了。它自言自语地说："我真是自作自受，一时冲动、心血来潮，干吗要吃素呢！做一只平平常常的乌鸦不是很快活吗？真是的……"最后乌鸦终于改变了主意，拍拍翅膀不辞而别地飞走了。

事后，青草感到非常遗憾，想找机会告诉这只乌鸦：那些捷足先登的成功者都说，智力因素（智商）起的作用往往并不重要，而非智力因素（情商），即坚定的信念、顽强的毅力和勇气等情感因素，才是他们获得成功的关键。

🌸 山的声音

有一天，人们突然发现地面在微微抖动，还听到从远处山谷里传来一种特别的声音，许多人立即不约而同地走出屋子，惊诧地聚集在一起议论纷纷。这时，不知从哪里窜出一只耗子，人们又把目光和话题转到耗子身上，说它这，说它那；随后又把话题转到猫的身上，说它这样捉耗子，那样捉耗子；还有人说他家的狗也捉耗子，于是，关于狗的话题又开始了……

几年之后的一天，这个地方的地面又抖动起来，山谷里传来更清晰的怪声。这时有人大声惊呼："要地震了，要地震了！赶快到室外棚子里去呀！"果然不出所料，一次特大地震发生了，幸亏先前有了准备，避免了大量人员的伤亡，大大减少了灾难的损失。

事后，有许多人问那个预报地震的人："你是怎么知道我们这儿要发生大地震的？"

那人回答说："听过几年前那次山的声音吗？我与大家一样感到好奇。所不同的是，你们的好奇心立刻被耗子、猫和狗拖走了，而我却对这一现象产生了浓浓的兴趣，从此苦苦地学习地震知识，而且在钻研中不断地产生新的好奇心。就是在这好奇心的驱使下，我选择了预测地震这项有意义的工作。"

年轻人和大槐树

骄阳似火，许多行人来到一株大槐树下歇脚。一个年轻人说："这槐树长得再高再大也成不了材，既开不出美丽的花也结不出好吃的果，真是一种毫无用途的废物！"胸怀宽阔的大槐树倒也幽默，它对那个年轻人说："多少还算有点用途吧？你们不是正在我的树荫下避日吗？"

听到这话，有个年轻人慌忙地站起来，对大槐树说："我们真是忘恩负义，太没有礼貌了！太没有见识了，我向您赔罪！"说着就向槐树深深地鞠了一躬。

"不必太认真！没有那么严重，你也不必自责了。"大槐树说，"听说你们年轻人都想将来当科学家、发明家，可是你们知道吗，科学家和发明家特别需要一双善于发现问题的眼睛：在看相同事物的时候，可以看到它们之间许多不同之处；而在观察不同事物的时候，又能看到它们之间许多相同的地方；在人们司空见惯的事物中，他们还能从中发现一片新大陆来；别人还没有觉察到的事物，他们已经觉察到了，而且还感到奇妙无穷呢！"

"是啊，是啊！"那个鞠躬的年轻人说，"公正地说，你对我们人类非常有用：除了眼下给我们提供的一大片绿荫，还为人们奉献了大量清新的氧气和对人类健康有益的负离子；你的花蕾可以制造一种黄色的染料；你的花、荚果和根上的皮都可以入药为人们治病；你的根深叶茂，为人们提供了哲理的思考；你还为儿童文学家提供了童话的素材，为画家提供了丰富的色彩，为摄影家提供了一道美丽的风景线，还为飞鸟提供了栖息的场所，为人类的生态环境作出了贡献……"

"年轻人！你真让我刮目相看。"大槐树也异常兴奋地说，"其实，我并不喜欢别人吹捧，而我由衷高兴的是，你已经有了这样一双善于发现问题的眼睛，未知世界的大门将由你这样的人去打开！真是锦瑟华年，前程无量啊！"

质疑的公牛

早上，公牛突然接到狐狸送来的一份请柬，打开一看，原来狮子要举办宴会，邀请公牛晚上去赴宴。公牛疑虑起来。

公牛问狐狸："狮子从来没有请我去赴过宴啊，这次又是为什么呢？"

狐狸狡黠地一笑，说："没有为什么，凡事总有第一次嘛！"

公牛又问："今晚举行的是什么宴会？"

狐狸支吾着说："不清楚啊！反正你去了就会知道的！"

公牛接着对狐狸说："总不能糊里糊涂去赴宴啊！事情不弄清楚我是不会去的。"

狐狸着急起来，对公牛说："反正这回你一定得去！否则就是无礼之极！"

公牛说："这件事难道你一点儿也不清楚吗？叫我怎么相信你呢！"

狐狸无奈，只好搪塞说："大概……好像是请你去吃山羊宴吧！"说完，狐狸就溜之大吉了。

公牛想：真是可笑，我们牛明明是吃草的动物，怎么又叫我去吃山羊肉呢？公牛越想越不对劲，就将这个蹊跷的事告诉了一只老鼠，并请求老鼠立刻去狮子那里侦探一下，狮子与狐狸到底要干什么。

老鼠很快回来对公牛说："我看见狮子那儿准备的锅盆都很大，不像要吃山羊，倒像是要吃牛肉……"

公牛恍然大悟，决定晚上不去赴宴了。

第二天，狐狸过来对公牛说："你怎么没有去呀！害得大伙都没有吃到你那肥美的牛肉！不过，还是有头笨驴遵命前来赴宴……哈哈，那驴肉的味道也不差呀！"

公牛庆幸地说："多亏我学会了质疑，养成了质疑的习惯，否则稀里糊涂被你们害了还不知道呢！学会质疑真好，常常还会有意想不到的发现。"

自卑的化石

有人总觉得自己笨，什么都不如别人，而且还觉得自己一天比一天笨：走路没有别人快，就说自己是天生的笨脚；一件事没有办好，就认为自己的智商低；创新比不上别人，就承认自己是蠢材……

他每时每刻都觉得自己笨，什么都不如别人，而且还觉得自己一天比一天笨。与此同时，他又发觉自己的头脑在僵化，手脚在发木，腰间在变硬，行动越来越不灵活。

在医院，医科专家们束手无策。他躺在病床上，硬邦邦的，不能动弹，口中还在不停地说："我就是笨，就是不如别人……"直到他那声音渐渐地消失。最后，他成了一个石头人。

变成了石头人，家人只好抬回家去。不巧，在过江时，随着渡船的一次猛烈摇晃，石人被滑入江心，打捞了半天也没有打捞上来。

江水哗哗地从他耳边流过，鱼儿游来对他说："不要着急，换一种想法吧！相信自己一天比一天聪明，你只要开发大脑的潜能，就可以超过别人……"

改变了想法，石头人开始清醒。随着江水不断冲刷，卵石不断撞击，他的石身渐渐变得光滑柔软。到了下游的时候，完全恢复了原样。

不久他被江水冲到岸边，轻轻站立起来，觉得浑身轻松无比。

回家之后，他发觉自己走路比别人快，办事比别人精干，创新也高人一筹。

心理学家说：

战胜了自卑才能焕发精神，有益于开发大脑的潜能，让自己成为自信有为的成功者。

鸽子的直觉思维

一只鸽子口渴难忍，发现前方招牌上画着的水罐，以为里边有水，就不顾一切地飞扑过去，结果撞伤了头和翅膀，掉落在地上。一个少年见了十分同情，立刻将它从地上捡起来。鸽子忍着疼痛对少年说：

"让你见笑了！由于我这种缺乏冷静的鲁莽才弄成现在这个样子。"

"不！"少年摇摇头说，"这不过是一种显而易见的原因。"

"要么就是利令智昏的举动？"

"更不是了！"

"那又是什么呢？"

"你缺少的是一种非常重要的直觉思维能力。所谓直觉思维，就是用生活经验来直接觉察事物本质的一种思维方式！"

"这话怎讲？"

"这回你显然用的是一种常见的习惯思维。具体地说，只要是水罐，也就确认里面可能有水。"

"对呀，我是这么想的。"

"那么你想过这'水罐'是真是假吗？"

"当我一眼看到它时，确确实实以为它是真的呀！"

"问题就在这儿：真的和假的有时很难分别出来，有时假的像真的，甚至比真的还像；问题的关键就是你要能觉察和准确判断它，也就是刚才所说的要有直觉思维的能力了。"

"那么我又该怎么去觉察和判断它呢?"

"当你发现了这只水罐，看到水罐在一块平面的牌子上的时候，你就应该判断这肯定是一个假水罐了。"

"这真是个教训！我一定要培养这种直觉思维能力。"

"确实非常重要，这也是一切科学家、发明家必备的一种能力和素质呢！"

瞎子的想象力

有个残疾人自强不息，为弥补眼瞎带来的不便，练就了一种过硬的摸索功夫。他说，残疾是我一生必须战胜的克星。有人捉来一只山猫，要他猜猜是什么样的动物。瞎子左摸摸右摸摸然后说："它既不是狼，也不是狐狸，但是可以肯定它是一只性情凶残的动物，决不能与鸡、兔、羊放在一起，免得以后遭殃。"

"你凭什么知道的呢？"众人惊讶地问。

"我瞎了，自然什么也看不见，只有发挥自己的想象力了！"

"看不见色彩和图像，又凭什么去想象呢？"众人不解又问。

"眼睛不行，还有耳朵、鼻子和手脚嘛，只要注意积累知识就能发挥想象力了。"

"对于你们这样的残疾人，发挥想象力倒是很有必要，而对于正常人来说就无所谓了。"

"要是这样说，我就要替你们害臊了！"瞎子生气地说，"难道你们真的不需要想象力吗？任何人，任何工作都离不开它，尤其是科学家、发明家和那些从事写作、文艺创作活动的人，更需要培养自己的想象力。记住，所有聪敏而善于创造的人，都是想象力异常丰富的人。"

跳蚤和竞技者

　　跳蚤跳到一个竞技者的脚上，跳过来时咬一口，跳过去时又咬一口。竞技者又痒又痛非常生气，想用指甲掐死它。可是那跳蚤跳来跳去，他总是捉不住它。后来竞技者泄气了，高呼大力神的名字："赫剌克勒斯，赫剌克勒斯，快来帮我对付这个可恶的小东西！"

　　大力神赫剌克勒斯出现了，对那个竞技者说："哈！连消灭这个小小的跳蚤都无能为力，你又怎能战胜那些强大的竞争对手呢？"

　　那个竞技者又说："这可是两码事，竞技才是我的专长呀！"

　　大力神说："不能对付跳蚤，就算与你的专长无关，也算是一种挫折呀！成功者往往都要忍受许多的挫折，甚至是难以忍受的挫折。现在，你连这么一点儿小小的挫折都无法应对，还能期望自己有成功的一天吗？"

猫狗的猜测

常言说："人以群分，物以类聚"，一点儿不假。有个发明家，他有很多朋友，几乎全是发明家。这位发明家养了一只猫和一条狗。

一天，猫对狗说："我总是在想，发明家是些怎样的人？"狗直爽地说，"这还用去想？看看我们的主人就知道了。他瘦高的个子，尖长的鼻子，戴着一副眼镜，外貌像这样的人都是发明家！"

过了些日子，家里来了一个前来拜访的发明家：矮胖的个子，短短的鼻子，没有戴眼镜。于是猫又对狗说："今天来的那个客人也是发明家，他与我们主人的外貌却完全不同。你说发明家到底有什么特征呢？"

狗还是不假思索地回答说："我敢发誓，发明家绝对只有这两种外貌特征！"

又过了些日子，发明家的客厅里坐满了来自各地的发明家。他们在一起探讨问题、交流经验。猫和狗惊奇地发现，这些发明家的高矮胖瘦、肤色头发、出身年龄、性格兴趣、专业知识、职业和经历、爱好和习惯都各不相同，其中还有黑种人、黄种人和白种人。这使猫和狗又陷入困惑不解之中。

等到最后一位发明家告辞而去，猫和狗这才求教于自己的主人。

发明家说："发明家到底有什么特征呢？光从外貌上看，谁也看不出来。不过，我最了解我的同行，众多具有杰出成就的发明家，尽管他们的外貌特征、出身经历、性格兴趣、知识学问等方面差异很大，而他们所具有的强烈的社会责任感、远大的抱负、过人的胆略、坚强的意志、持久的兴趣、不懈的求索精神等人格特征却有惊人的相似之处，而且都有一个崇高的目标，那就是让世界变得更美好、造福全人类！"

猴子和鹿

从前，猴子不会爬树，与其他动物一样，常常遭到狮、虎、豹和狼等猛兽的捕杀。一天，猴子拉着鹿来到猫那儿，要拜猫为师，学习爬树的本领。猫很同情它们的遭遇，决定收下这两个徒弟。

猴子对学习爬树兴趣最浓，练得刻苦认真，一心一意地钻研爬树的技术。后来它爬树的本领越来越高、动作越来越灵敏、技术越来越精湛，连猫老师也显得逊色。

鹿看了看自己那美丽的蹄子，暗想：猴子无能耐，为了活命，它不得已才来学习爬树本领的。而我不必这样，我善于奔跑，奔跑起来并不比狮、虎、豹、狼慢，或许还快得多！我已多次摆脱过它们的追捕，没有什么了不起！再说，要将我的蹄子脱掉，换上能爬树的爪子，真是多此一举，完全没有这样的必要……后来，鹿终于动摇了，偷偷地离开了猫和猴子，再也没有学习爬树的本领。

猴子学好爬树的本领，从此生活在树上，嬉戏玩乐，快活自在，食肉的猛兽对它毫无办法。而鹿自恃善跑，常常被猛兽们赶来赶去，当然也有力不从心和失足的时候，最终成了猛兽们的猎物。每当野兽们将鹿拖进丛林，把它撕成碎片大口大口地咀嚼着鹿的美味的时候，成群的猴子总是在树上惊叫着，哀叹鹿的不幸！

宝葫芦归谁

很久很久以前，创造之神那里有一只神奇的葫芦，全世界的创造智慧就装在这个葫芦里。后来创造之神决定：将这只宝葫芦赠送给动物界最有创造性开发前景的一种动物。经过长时间的激烈角逐，所有的动物都认为：猴子和人类最有资格得到这个宝葫芦。

在猴子与人当中，谁最终能得到这个宝葫芦呢？我们的创造之神自有主意。不久，他将所有动物召来，在一片空地上筑起了一座高台。高台左右两边设有登高的台阶，每级台阶足有坐凳那么高。创造之神手执葫芦高高地坐在高台后面，他命令猴子和人分别登上左边与右边的第一级台阶，然后向他俩提出了第一个问题："你们现在对周围的一切都感到满意吗？"

猴子抢先回答："那是当然，我感到非常满意，我们这个世界简直无可挑剔！"

而人回答说："不，我无时无刻不在憧憬一个比现在更加美好的未来！"

话音刚落，猴子站着的那级台阶突然消失，猴子随即跌落到地面。猴子和所有在场动物正在惊诧之时，创造之神又命他俩各自登上第二级台阶，接着又提出了第二个问题："有件事情正在发生，你们将怎样对待？"

猴子又抢先回答："我最想知道那里发生了什么！"

而人又回答说："我一定要弄个明白，那究竟是为什么？"

话刚讲完，猴子的第二级台阶又突然消失，猴子"哧溜"一下滑落到地面，猴子摸摸屁股，似乎有点疼痛。紧接着创造之神又命他俩登上第三级台阶，提出了第三个问题："要是遇到难题，你们心里会怎样想？"

猴子说："谢天谢地，最好不要在我眼前出现，让它离我愈远愈好！"

人回答："我要临难而上，'吃一堑'可以'长一智'哩！"

回答完毕，猴子随着第三级台阶的突然消失，又"哧溜"一声滑落到地，它忍着痛赶快上了第四级台阶。当人也跨上第四级台阶后，创造之神提出了第四个问题："平时你们喜欢思考怎样的问题？"

猴子又说："当然问题越简单越好，答案越容易越好！"

人又回答："我喜欢问题越新奇越好，答案越需要创造性越好！"

猴子不知怎的从第四级台阶"哧溜"一下滑到地面，这回分明比前三次更痛。等猴子和人登上第五级台阶，创造之神提出了第五个问题："你们乐意做那些前所未有的事情吗？"

猴子先说："做这样的事我最头痛啦！最好依样画葫芦。"

人接着答："能做出前所未有的事情来，人生就会更有价值。"

猴子的第五级台阶突然消失，随即"哧溜"一声跌落到地面。它停下用力揉了揉屁股，然后才和人一起登上各自的第六级台阶。创造之神提出了第六个问题："遇到难题或挫折你会怎么说？"

猴子说："本来嘛，我就不是做这件事情的材料，早该让别人去做啦！"

人回答："挫折或失败也是一种财富，它将把我引向成功的下一步！"

猴子的第六级台阶又突然消失。猴子"哧溜"一声重重跌落下来，"好痛，好痛"地叫了两声，使出了吃奶的力气才爬上第七级台阶。而人则轻轻向上一步就登上了第七级台阶。创造之神接着提出了第七个问题："你们憧憬过一件属于自己的创造吗？"

猴："除非上天赐予，干嘛去想、去费那个脑筋！"

人："人活着就该为世界创造点儿什么，我最希望有几件属于自己的创造！"

不用再说，猴子再一次重重跌落下来，痛得哇哇直叫，屁股跌得红红的，冒出了许多血，连毛也跌落了！它无论如何也上不了第八级台阶了。可是，它忍着剧烈疼痛还是把前肢伸向创造之神，要索取那个装满创造智慧的宝葫芦。

创造之神对它说："你再也得不到它了！"

一直到今天，人类就是因为拥有这个宝葫芦，所以创造了自己灿烂辉煌的文明；猴子呢？从那时起臀部就变成红红的了，虽说还是那样的机灵，善于模仿，可就是一点儿创造性也没有。我们人类还常常这样慨叹："幸甚至哉，幸甚至哉！要是当年创造之神将宝葫芦判归猴子，那么，我们人类今天又是什么样子呢？"

第五辑
关注潜能
——让你培育创造的才华

灰兔和猴子

动物王国要举办一次动物技巧大赛，消息很快传遍了森林。

灰兔听到这个消息，红着眼睛着急地说："哎呀呀，这叫我怎么办呢？举重我不如大象，跳高我不如跳蚤，跳远我不如袋鼠，唱歌我不如夜莺……我拿什么去参加比赛呢？"

猴子也挠着脑袋发愁："是呀是呀，我也不好办哪！打洞掘土我不如穿山甲，大声吼叫我不如狮子，争夺打斗我不如老虎，水中游泳我不如水獭……我拿什么去参加比赛呢？"

大象听了灰兔和猴子的话，甩着长长的鼻子笑眯眯地说："你们不要急、不要愁。灰兔呀，我看你奔跑轻松，速度也不慢，比我要快好几倍哩！你应该多练练长跑。猴子呀，我看你攀岩不错，上下快捷如飞，比谁都机灵！你应该多练练攀岩！"

灰兔听了高兴地说："奔跑？这对我来说简直太容易了！我四条腿灵巧有力，蹦着跳着就像射出去的箭一样。"

猴子听了也得意地说："攀岩？这对我来说简直太方便了！我四肢配合默契，蹿上跳下一点儿也不费劲！"

从此以后，灰兔天天练长跑，猴子天天练攀岩。

比赛那天，灰兔跑得出色得了第一，猴子攀岩精彩获得金牌。

大象前来祝贺时，又对它们说："对于自己有什么样的才能要做到心中有数才好，如果觉得自己能够轻而易举地从事这些工作，就说明你在这些方面具有优势，更有益于开发自己的创造潜能。"

并非捕鼠专家

农民辛辛苦苦种下的庄稼快成熟了，眼看丰收在望。谁知，来了一群群讨厌的老鼠，将农民的庄稼糟蹋得一塌糊涂。可是，在这个紧要关头，农民家养的两只猫却不见踪影，急得农民团团转。农民家的一只大黄狗倒善解人意，它对农民说："就让我来帮你收拾这些该死的老鼠吧！"

农民摇摇头苦笑着说："捉老鼠，你可不在行啊！还是赶快去给我把猫找回来吧！"

大黄狗好不容易找到那两只猫，生气地说："你们都是天生的捕鼠专家，为什么在这个关键时候躲开呢？为什么不愿意为勤劳善良的主人分忧解难呢？"

猫们说："难啊，这可是个烫手的山芋！我们习惯捕捉家鼠，夜里是我们的工作时间，而白天则睡觉晒太阳。再说，那庄稼地里的老鼠多得惊人，就我们两只猫去捕捉它们，顶个屁用！那些老鼠到处打洞，鼠洞连着鼠洞，四通八达，要捉到它们容易吗？那些老鼠食物充足，繁殖更快，又怎能将它们斩尽杀绝？要是我们答应去灭鼠，肯定完不成任务！结果呢，你也会知道：我们就会被人认定是无用的猫，我们那顶'捕鼠专家'的帽子还保得住吗？到那时，我们猫的荣誉、尊严就会丧失殆尽！谁愿去干那种吃力不讨好的事情呢？"猫说完，趁狗不注意时就溜之大吉了。

大黄狗实在无奈，只得回去向农民如实回报，还不服气地说道："世界上绝对没有天生的专家、内行啊！抓鼠，除了猫就不行吗？相信我们自己总会有办法的！"

第二天一早，农民和大黄狗来到庄稼地抓鼠。由于狗的嗅觉特别灵，每到一处老鼠就无法藏身。发现鼠洞，农民就用水灌或者烟熏，老鼠们惊慌失措、没命逃窜；大黄狗眼疾手快，见鼠就咬，被它咬死的老鼠不计其数。结果，农民地里的老鼠死的死、逃的逃，很快就绝迹了。大黄狗扬眉吐气地说："真没想到：我这个没有经过专门捕鼠训练的外行也不比捕鼠专家差呀！"可是，那些猫却十分忌恨，至今仍在说它"狗拿耗子——多管闲事"呢！

发明家说：

外行也有自己的优势啊！相比之下他们很少受到习惯和经验的束缚，只要方向对头，善于钻研，踏实肯干，同样可以获得惊人的成功。你们看：李时珍是个落第书生，后来成了药物学家；华罗庚店员出身，成了大数学家；放牛娃斯蒂芬生发明了火车……因此，非专业创造发明也是一个大有作为的广阔天地！

外乡来的打井队

西北有个地方河流很少，居民生活和农田浇灌用水，主要靠打井取出来的地下水。

有一年久旱不雨，不少水井都干涸了，到处缺水，灾情十分严重。官府委派一个当地著名的打井专家组织打井。那专家告诉大家说："我们这里历来有'打井不过5米'之说，要是打到5米深时还不见水，就不必再打下去了，免得白费力气，耽误了可贵的时间啊！"

许多打井队见井挖到5米深仍未出水，就摇头叹气，不得不另选一个地方重新打井。就这样，他们不知打了多少眼井，能打出水来的井却寥寥无几。

有个外乡来的打井队前来支援抗旱，他们一连打了几口井，没有一口不见水的。

原来，他们打井时并不知道当地打井有个"不过5米"的定律。当他们打井到了5米深的时候，仍在挖井不止；当他们又挖下去两三米时，那些井全都出水了。

消息传开，本乡的打井人又纷纷回过头来在自己原先打的"废井"里继续下挖，结果也都打出水来了！因为干旱，地下水位下降了，打井必须超过5米才能出水。这是最新的结论。

发明家说：

如果对过去的经验不加分析研究，对专家权威的话只信不疑、全盘照搬，有时就会被这种框框套住，束缚住自己的手脚，让可贵的创造力禁锢起来。真理并不一定全掌握在专家、权威们的手中。当初，莱特兄弟研制飞机时，那些著名的专家、学者根据自己的见解都持否定态度。如果莱特兄弟对他们的见解深信不疑，那么，今天的飞机不知要推迟多少年才能上天呢！

大红金鱼

养鱼人将一条漂亮的大红金鱼放入鱼缸里，鱼缸里的其他金鱼立刻围了过来，盯着它那条美丽的闪耀着金属光泽的大尾巴惊叹不已，无不投以羡慕的目光。

大红金鱼也察觉到自己的尾巴华丽而与众不同。这时它感到荣耀吗？——一点儿也没有！反而自责起来：我的尾巴为什么要引人注目？让那么多的眼睛盯着看多难受啊！在这里我为什么要特殊而不能做到"入乡随俗"呢？它开始痛恨自己的尾巴，仿佛忘却了疼痛，大口大口地狂咬起来，直到长短与那里的金鱼尾巴不相上下时才停了下来。

第二天，养鱼人见到大红金鱼的尾巴被咬去了一大截，非常痛惜。他以为是其他金鱼欺生，随即将大红金鱼捞起放入了另一只鱼缸。

来到一个新的鱼缸，大红金鱼发现那里的金鱼尾巴更短，简直就像普通的鲫鱼，而且从头到尾都是灰不溜秋的色彩。看到自己遍身泛着金红色与金属光泽的色彩，大红金鱼如坐针毡，恨之入骨。我怎么能特殊呢！无论如何应当与它们保持一致才对呀……它又仿佛忘却了疼痛，不停地游来游去，用自己的身体在鱼缸中的太湖石上使劲地磨呀擦呀，摩擦得浑身血迹斑斑，把自己糟蹋得不像样子。

第三天早晨，养鱼人看到这条面目全非、自残得半死不活的大红金鱼，深深地叹了一口气，说："真令人失望！把你用来喂猫才对！"旁边的一只猫听了"妙哇，妙哇……"地叫个不停。没有过多久，大红金鱼真的成了猫的点心。

发明家说：

害怕标新立异，过分地强求与别人保持一致，具有这种心理特征的人，当然不会成为猫的点心；但可以肯定，在创造世界里，他就像一只被铁链锁住的鹰，永无希望在创造的蓝天展翅翱翔！

老驴回故里

一头老驴自幼离开家乡，客居在外多年，如今它年事已高、益发思念故乡，常常老泪纵横，产生了叶落归根的念头。

有一天，它终于决定迁回老家去，带着全家老少踏上了回乡之路。

来到它日夜思念的故乡，可是眼前的一切都改变了，变得面目全非。老驴根据以往的依稀印象，一边走一边唠叨着：

"这里怎么有了一座桥呢？原先的一条渡船，现在怎么不见了？"

"记得这里到处长着燕麦，如今怎么变成了一片桑田？"

"刚才见到的那个老态龙钟的独眼驴硬说是我哥哥，它怎么会是我哥哥呢？虽说我哥哥也瞎了一只眼，但它年轻、活泼，完全不是这副面孔啊！"

老驴带着子孙转了一大圈，无论如何也不相信这里就是它的故乡。它异常失望，对儿孙们说："你们都看见了吧？那一座桥，那一片一片的桑田，还有那瞎了一只眼的老驴……这与我童年的印象完全不同，这里怎么可能是我的故乡？绝对不是！我们已经山穷水尽、找不到故乡了，还待在这儿干什么呢？"

于是，老驴又带着儿孙们回到原先客居的地方。

创造学家看完这篇寓言之后说：我们何必取笑一头老驴呢？其实，"先人之见"这种心理毛病在人们中间普遍存在。他们只习惯用旧眼光固定不变地来看待新事物，而且又不承认眼前已经变化的事实。这样的人十分固执古怪，很难融会贯通，最终只能到处碰壁。所有立志创新的人必须抛弃这种僵化的思维方式。

一种愚笨的原因

清晨，城门打开之后，一个壮汉扛着一根长长的竹竿正要进城去。到了城门洞前，壮汉却又停了下来，手拿竹竿横着比量，竖着比量，又斜着比量，量来量去就是进不了城门洞，因为那竹竿总是比城门洞长了许多。壮汉累得满身是汗，万般无奈，只好放下手中的竹竿，一屁股坐在地上叹息、生闷气。

就在这时，行人中走出一位长者，关切地问：

"你想带着这根长竿进城吗？"

"是啊，它太长了！除非有把锯子将它截成两段才行，可是……"壮汉爬起来回答说。

"不用截竿也是可以进城去的呀！"说完长者命人拾起竹竿直对着壮汉的眼睛又说："现在你用一只眼看看这竹竿是什么形状？"

"只是一个圆形！"

"它与城门哪个大？"

"当然是城门大了！"

"要是这样拿着它，不就可以进城去了吗？"

壮汉一听恍然大悟，扛起竹竿大步流星地进了城门。可是那些围观的行人却哄然大笑起来，都说壮汉笨得离奇。长者转过身来对大家说："嘲笑别人愚笨，真是太容易了！可是你们有谁能说出他笨的原因来呢？"

众人面面相觑时，长者取出四根横截面为正方形的小木棒对他们说："你们当中谁能将这四根木棒搭成五个正方形来？"大家一听都觉得非常好奇，争先恐后地在平地上七手八脚地比画起来，搭来搭去只能搭出一个正方形，谁也搭不出五个正方形来。

　　"看来你们与壮汉一样愚笨！而且愚笨的原因也完全相同。"众人依然不解时，长者将四根木棒收在一起，指着端面的"田"字形说："这里面不是有五个正方形吗？"接着长者说出了这一愚笨的原因："有些问题如果只限于平面思考，就永远也不会找到解决的办法，一旦转向立体思考，问题就会迎刃而解。"

武松能打熊吗

　　武松在景阳冈打死老虎之后，美名传遍天下。

　　北方有个偏僻村庄，常有恶熊出没，伤人害畜，踩坏庄稼，捣毁房屋，村民损失惨重，叫苦不迭，怨声载道。谁也没有办法制服这只恶熊。听说打虎英雄武松正路过这里，村民们纷纷前来请求武松为民除害。武松觉得义不容辞，当即答应了村民的要求。

　　虽说武松打过虎，却未见过熊，熊是什么样子也弄不清楚。他心中琢磨：这熊大概也有四条腿，尖尖的嘴与猪相似，黑色的皮毛，力气一定很大……不碍事的，只要碰上它，我准能猜出几分来。

　　武松在村里守了几天，却不见恶熊下山。一天晚上，他喝了一坛村民送来的米酒就独自上山猎熊去了。趁着月光，武松在山林中搜索前进，不久发现有一个黑影在晃动，就快速穿插到黑影跟前，初看那动物似乎像熊。于是他大声喝问道："你是熊吗？就是那个专干坏事的恶熊？"

　　那真是恶熊，它听说武松要来收拾自己，一连几天没敢下山；现在正与武松狭路相逢，本来已预感到自己在劫难逃，但又很快为自己庆幸起来：原来这位打虎英雄竟未见过熊！于是狡猾的恶熊答道："啊呀！我的打虎英雄，你怎么连我们野猪都不认识，还能打熊？"

　　听说是"野猪"，武松不假思索地说："既然你是野猪，还不快快给我走开，别误了我打熊的正事！"

武松又继续搜索前进。不多时前面又出现了一个黑影，武松悄悄走近一看：不错，那动物有四条腿，尖尖的嘴与猪相似，黑色的皮毛，力气一定很大……分明便是那只恶熊了！于是，大声喝道："还不快快前来受死，你这作恶多端的熊！"

其实，这是一头大野猪。看到竟有人把自己当做熊，野猪心里觉得好笑：这不是抬举我了吗？于是嗯嗯地回答："我就是熊！你能拿我怎样？"

武松二话没说就与野猪搏斗起来。经过数十回合大战，武松终于将野猪打死。

清晨，村民们见到武松扛回的猎物，只是捂嘴窃笑、低声耳语，也有人则在怀疑：这恶熊怎么变成了野猪呢？只有一个小孩见了大声惊叫："这野猪真大……"

武松这才想到：要做好一件从未做过的事，一定要掌握相关的知识，否则，盲目行动也只会是徒劳一场。

🌸 不幸的土拨鼠

　　一天早晨，土拨鼠还在洞里睡懒觉，突然听到一阵可怕的声响，知道上面有人正在挖洞将要捕捉它们。这太危险了！土拨鼠爸爸妈妈、哥姐弟妹都惊恐万状、乱成一团。就在洞被掘开时，这只土拨鼠拼死跳出了猎人的罗网，"吱"的一声冲出去很远很远，最后钻进了一个野兔洞穴。

　　野兔们收留了土拨鼠。一只年长的野兔哀叹着说："你们全家遇难了，真是不幸啊！我们真是天生不幸的物种吗？每天都这样提心吊胆、惶惶不可终日；无论在什么地方都必须十分谨慎，一有疏忽就会招来杀身之祸；盘旋在天上的老鹰随时会向我们伸出利爪，行走在地上的犲狼、狐狸……到处横行，一不小心就成了它们的食物；人类也看好了我们漂亮暖和的皮毛，随时都有可能前来掘洞、灌水、烟熏、投毒……我们的命运就是这样的悲惨，可是又有什么更好的办法呢？"

　　土拨鼠说："好像从我的爷爷的爷爷开始就有这样一个设想：多掘几个洞穴，如果这里不安全就搬到另外一个洞穴里住，如果还有危险存在就再迁一次家。每个洞穴多设几个隐蔽的出口，那一定会安全得多。有人来掘洞也好，灌水也好，烟熏也好，投毒也好，都可以迅速逃离危险……然而，这只是纸上谈兵说说而已。而且都认为这是我们土拨鼠祖祖辈辈没有做过的事情，也不知道到底行不行！与此同时，又非常担心害怕遭到别人的嘲笑……所以至今也没有付诸实施。"

野兔们一听立刻沸腾起来、茅塞顿开，都说这是个好主意，个个摩拳擦掌立即实施了土拨鼠的这一设想。野兔们从此感到十分安全，躲过了无数的危险和灾难。说到"狡兔三窟"的故事时，谁也没有想到这还是土拨鼠最先发明的呢！

后来，那只年长的野兔时常对大家说："不喜欢交流想法是个不好的习惯，即使会遭到冷嘲热讽，也应当大胆一些去交流。如果大家都赞同你的想法，那你将会得到鼓舞，从而促使你的想法转化为创新的成果。千万别把想法长时间地搁在脑子里，说不定就是一个极好的创造机遇呢！"

晒太阳的猫

很久以前，猫就跟人类生活在一起，成了人们朝夕相处的朋友。猫除了捉老鼠，还喜欢在暖洋洋的阳光下晒太阳、呼噜呼噜地睡大觉。

"猫怎么总是喜欢晒太阳呢？"看见一只猫在晒太阳，有人提出了质疑。

"为了取暖图个舒服呗，猫也跟人一样啊！"旁边有人答道。

"难道说，这仅仅是猫的一种习性？"

"猫夜间抓鼠，白天躺在太阳光下休息，天经地义！"

"难道说，这仅仅是一种司空见惯的现象？"

"我看这里面没有什么文章可做吧！"

"哈哈，这里面就是有文章可做，学问还不浅呢！"那只睡觉的猫突然睁开眼睛说，"我们猫总是爱晒太阳，的确司空见惯，往往被人不屑一顾。可是，有谁想到这里面还隐藏着重大的机会，还有惊人的发现和创造呢！有一天，科学家芬森发现有只晒太阳的猫，它身上的伤口还流淌着脓血，心想：这阳光也有治疗作用吗？经过研究，他终于发现阳光中的紫外线有良好的医疗作用。这一科学发现，让他获得了诺贝尔奖！后来因为紫外线可以杀死细菌，治疗皮肤病，能用于食物消毒，对井下工作人员也有良好的保健作用等等而得到广泛应用。这全是我们猫提供的信息啊！我们这个世界到处都是信息，到处都有机会啊！"

那人恍然大悟：平平常常的现象往往让人忽视，若能深入一步思考或许就是机遇呢！

想拉火车的驴子

有人问发明家：听说发明创造需要很多很多的知识，平时必须注重知识的积累，否则你就不能进入这个创造的大门。发明家说：只要具备相关的知识，就要不失时机尽早地进入创造角色，不仅可以更好地利用知识，而且还能更有效地积累知识，从而更早更多地获得创造机会和创造成果。随后他讲了一则寓言故事：

有头驴子在琢磨：吃进肚皮里的草会产生力气，那么，不断地吃草就会不断地产生力气，吃很多很多的草就会产生很多很多的力气，吃上好的草甚至人类食用的粮食就可以产生更多更大的力气。如果将这些力气暂时不用而都储存起来，不久的将来拉着一列火车飞奔肯定能行，这可是史无前例的创举啊！我一定要让世人刮目相看，看看我驴子创造的奇迹……

从此，驴子每天拼命地吃草，吃上好的草甚至人类食用的粮食；平常什么花力气的事一概不做。它认为：力气用一点就会少一点，要把力气积存起来，最好的办法就是尽量不用力气。

不知不觉两年过去，驴子膘肥体壮。它已记不清自己吃了多少草和粮食，但它坚信自己是个举世无双的大力士了！不久，那震惊世界的奇迹就会在人们眼前出现！

一天，见到一头健壮的驴子拉着一辆满载货物的车，摇摇摆摆十分艰难地向前行走时，这头自命不凡的驴子带着轻蔑的口气说：

"喂！伙计，我真为你脸红，拉这么一车东西就喘不过气来，摇摇晃晃地缓行，真是个废物！要是让我来拉这样十车二十车也不在话下呀！"

"朋友啊，别讲得那么轻松，最好还是你亲自来试试！"那头健壮的驴显然不服。

这头胸有成竹的驴子二话没说，立刻就去接替拉车。可是，结果大大出乎意外，无论怎样使劲，那货车就像生了根似的，始终没有向前挪动半步……它终于泄气了。它怎么也想不通，自己的力气不仅没有变大却反而减小了！这些年来自己积蓄的力气究竟到哪里去了呢？

那头健壮的驴听罢后语重心长地说道："朋友，储存与积累固然重要，但若不付诸实践，仅仅一味地积蓄蛮力，那也是无用武之地的啊！"

等待的湖泊

在辽阔的西部高原，有许多白皑皑的雪山和一条条沉睡千年的冰川。夏季，太阳那微弱的温暖也施展出了力量，让无数的冰雪消融成涓涓细流，而后又汇成了小溪。小溪急急匆匆向山下流去。几条小溪汇合在一起就成了一条小河。在小河欢乐奔腾的节奏中，两边的树木、花草、飞鸟和走兽都在为它送行，祝福它早日投入大海母亲的怀抱……

河流曲曲弯弯，穿过重重险阻，终于来到了一片开阔的高地，随后又流入了无际的沙漠。现在，太阳每天都要强行拉走一部分水变成水蒸气，然后升入天空变成了白云；贪婪的沙漠到处设卡收税，扣留了大量的流水。前方一片迷茫，河流再也没有现成的河道继续前行，只得停留下来四处观望、等待时机……停留下来的河水越积越多，最后形成了一个湖泊。

夏天很快过去，秋冬又来到了，还在那里伺机等待的湖泊什么也没有等来，随着气温渐渐下降，流入湖泊的水也越来越少了。不久河水断流，湖泊一天天缩小，直到干涸。

第二年夏季到来，这里又形成了一个湖泊。这湖泊还是在等待、观望着时机。它希望太阳不再拉走那些变成白云的水，希望沙漠革除过路的苛捐杂税；等待上天大发慈悲，让河道一直延伸到东海；等待人类开凿河道引水东行；等待其他意想不到机会……然而，这一切都成了泡影，每年的结果都一样，逃脱不了干涸的命运……

那些升入天空的白云看得一清二楚：那湖泊根本不用等待，只要勇往直前，冲开一段土坝的障碍，就能接上一条大河的源头，直奔大海……

白云叹息着说：等待或许会有机会，而更多的时候却是失去机会。实现预定的目标，需要立足现有的环境条件奋力地拼搏，最大限度地开发自己的才能，以免失去可以成功的机会。

母鸡和发明家

鸟王凤凰举办了一个蛋类博览会，前所未有，盛况空前。那里奇蛋云集、美不胜收，让人眼花缭乱，眼界大开。走进博览会展厅就像是来到一个蛋的世界，这里有喜鹊蛋、乌鸦蛋、麻雀蛋、白头翁蛋、画眉鸟蛋、八哥蛋、杜鹃蛋、鸽子蛋、仙鹤蛋、天鹅蛋、孔雀蛋、海鸥蛋、老鹰蛋；那里有鸡蛋、鸭蛋、鹅蛋；有乌龟蛋、甲鱼蛋、鳄鱼蛋和蛇蛋。还有，世界最大而又不能飞翔的鸟——鸵鸟的蛋；一种生活在极地的水鸟——企鹅的蛋；珍稀哺乳动物——鸭嘴兽的蛋……

一群小母鸡来到展览大厅，面对这些形形色色、千姿百态的蛋，个个惊诧不已。它们赞口不绝地说：

"啊！这些蛋多可爱呀！要是会生蛋多好哇！"

"啊！这些蛋多美丽呀，太让我羡慕了！会生蛋真好！"

"啊！这些蛋多神奇，教人见了难忘，会生蛋才幸福呢！"

"啊！世上只有生蛋好，只有生蛋好……生蛋好！"

谁知道，没过一个月，那群小母鸡就一个接着一个地下蛋了！它们相互祝贺，高兴得不停地叫着："个儿大！个儿大！"

有一只母鸡惊奇地对大家说："为什么以前我们总以为生蛋与自己无关，只有别的动物会生蛋，而全忘了自己也会生蛋呢？"

"是啊……是啊！怎么会这样呢？"母鸡们面面相觑，谁也回答不出来。

　　就在这时，一位发明家告诉它们："不奇怪呀！这种现象在人类社会普遍存在：许多人也崇拜和赞美发明家的神奇创造，都以为他们是天才，对他们的成功觉得不可思议，恰恰忘记了自己创造潜能的开发。如果我们每个人都相信自己是天生的发明家，那么，通过不懈的努力，谁都能拥有属于自己的创造成果。在我们生活的世界里，要是有一件东西是自己创造的，实在是太重要、太幸福了！"

周游世界的游艇

有条不大的游艇在茫茫大海中随风飘荡。东来西去的海风都来劝导："瞧你，那么精神，那么年轻，又那么帅气，应当闯荡世界干出一番事业来呀！如果你能单独环球航行一回，倒也是一种不错的选择和人人羡慕的壮举啊！"

游艇回答说："咳！要是能够实现环球航行当然潇洒，可是，你知道吗，这将是几万里的航程啊！况且这大海中到处有暗礁、险流，有狂风、惊涛……环球航行谈何容易！我能成功？"

东风说："不要紧的，我来帮助你。当年哥伦布发现新大陆、麦哲伦环球航行的成功也有我的一份功劳呢！"

于是，东风使劲地推着游艇向西行走。游艇在海上飘着飘着，不久，一个海岛拦住了它的去路。游艇只得停下，再也无法前进一步。

东风无可奈何地说："实在对不起！我一点儿办法也没有了，你就在这儿等待机会吧！"

过了两天，海上刮起了西风，西风也热心地对游艇说："还是让我来帮助你吧！我可以把你径直向东吹，让你重新向东飘行。其实，向东向西不都一样可以实现环球航行吗？"

于是，西风将游艇吹离了海岛，重新向东航行。几天之后前方出现了一片大陆，最后游艇被搁浅在海滩上。

西风无可奈何地说："实在对不起！我一点儿办法也没有了，你就在这儿等待机会吧！"

游艇开始埋怨起来："我说不行就是不行！你们硬把我吹来吹去、飘东飘西，结果还是无法继续前行，要是遇上暗礁不就完蛋了？这样下去还能闯荡世界……"

一只海鸥听了游艇的话，飞来对它说："游艇啊，你会成功的，千万不要泄气！当年哥伦布、麦哲伦的帆船远远比不上你呀！仅仅依赖别人的帮助是不够的，要开发自己的潜能，要充分利用自己内在的动力。不懈努力的主动精神是一架最好的金马车，它能把你送到理想的目的地。"

游艇恍然大悟，连声说："我明白了！我明白了！"它立即检修好发动机，打开航行的地图，确定了航线，判别了方向，就飞快向前方驶去。它避开了岛屿和大陆，绕过了暗礁和险流，日夜兼程，一往无前，终于顺利地实现了环球航行的目标。

发明家的床

旧货商场有两张床：一张是阔少爷睡过的床，雕龙画凤，豪华气派，就是样式有些陈旧、不够时髦；另一张是发明家睡过的床，朴素大方，床头设有书架和灯具，而在其他方面与一般的床并无多大差别。

有一天，它们攀谈起来。阔少爷的床说："我们床都是给人们休息用的，无论是豪华还是朴素，还不一样给人安枕而卧。除此之外，人们还把床当做摆设，或者躺着作为看书看报、思考问题的地方。"

"你说得很对。"发明家的床说，"虽说床是给人们睡觉的，而我的主人——一位发明家却是个怪人，床成了他发明创造的理想场所。他说：'白天太喧闹，办公室里也不宜作创造性思考。'他特别喜欢安静，在睡觉的时候仍在思考着发明创造的问题。我尽量让他舒适一点，让他早点进入梦乡。可是他在睡梦中也能获得许多惊人的发现！每当灵感出现或有所启示的时候，他就马上打开床头的灯，拿起早已预备好的纸笔记录下来，唯恐这些灵感偷偷地溜走，有时一个晚上能记录下来几页稿纸呢！"

"真是新鲜！这不是发明家们创造发明的一个奥秘吗？"阔少爷的床感到十分惊奇。

发明家的床说："是的。我的那位发明家还常常这样劝告人们：

'如果你睡不着觉，最好不要去数绵羊，而用来思考一个需要解决的问题或许更有价值。不要以为床就是用来睡觉休息的，它也是进行创造性想象和思考的好地方呢！带着创造性的思考进入梦境常常会有惊人的发现，以往许多著名的成功有的就是在夜深人静的梦境里产生出来的。'"

造物主的假日

　　创造的工作十分艰辛和繁忙，我们的上帝——造物主连续工作六天之后，就已疲惫不堪，所以他就用星期天来作为休息的日子。

　　有一个星期日，造物主骑马出游。他来到一片森林，一群猴子拦住了去路。它们向造物主提出了一个奇怪的要求：希望有一双与人类一样的手。还说："在您的假日提出了这种要求，真是太不应该了！"

　　谁知，造物主却意外地答应了。但他又想：哺乳动物如果都有一双手，岂不与人类一样了？造物主经过反反复复的思考，最后对那些猴子说："你们也要一双手？我可不答应！如果要的是两双手，那倒可以考虑。"

　　猴子们一听高兴得直蹦直跳，原先只想要一双手，现在上帝允许有两双手了，怎么不开心呢？从此以后，猴子的前后脚都变成了手，就像我们今天所见的那种样子。

　　造物主走着走着，又遇到一群大象。大象恳切地说："造物主啊！没有手真是太不方便了！要是能赐予我们一只手也行啊！"

　　碰到这样一个稀奇古怪的问题，造物主一时感到十分为难：这一只手让它长在哪里好呢？长在头上、脖子上、背上还是肚皮上？聪明的造物主沉思了一会，终于来了创造的灵感：把这只手安在鼻子上。于是，他立刻用双手把大象原先与猪一样的鼻子拉出两尺多长，并对那些大象说："现在你们已经有了一个与众不同的鼻子，同时也是一只灵巧无比的手啊！"

大象十分满意，并感激造物主的恩赐。直到现在还常常甩着它那长长的鼻子，为孩子们做精彩的表演呢！

造物主的马正在河边饮水时，几头犀牛爬上岸来，要求造物主赐给它们一件自卫的武器，渴望像黄牛、水牛一样从头上长出一对犄角来。

造物主摇摇头说："为什么要去模仿黄牛和水牛的角呢？"然后在犀牛鼻子上方装上了一只角。犀牛有了这独一无二的角显得异常威猛，它的敌手见了都得退避三舍。直到今天，犀牛还为自己拥有这件武器而感到自豪呢！

就在这个星期天，我们的造物主还做了许多新奇的发明。他说：惜时如金的创新者，即使在休息的时候，也不会忘记开发自己的潜能，随时捉住稍纵即逝的机遇，为世界创造出各种新奇美好的事物来。

第六辑
奔向未来
——任你追逐成功的希望

芍药和小草

一株芍药的四周长满了小草。一天，小草叹息着说："我们这些无人问津的小草，真是太可悲了，许多人甚至连我们的名字也叫不出来！而你——芍药，有谁不知？有谁不晓？还有你的妩媚多姿、芳香馥郁，谁不喜爱呢？你可以与国色天香、雍容华贵的牡丹比美！人们提到牡丹，自然就会想到芍药，这真叫我们羡慕死了！你真是了不起的天才啊！"

芍药听了却不好意思地说："什么天才呀。其实许多许多年前，我与你们一样，也是无人知晓的小草！也曾在月季、牵牛和牡丹面前像你们现在这样叹息过。

"有一次，月季对我说：'立身世界，首先要有自信，有了自信才会有勇气，有了勇气才能奋发向上！'于是，每到春天我就从地里长出芽尖来，沐浴阳光雨露，迅速扩充自己的体魄。后来，我发现自己变成了引人注目的草类。

"有一回，牵牛对我说：'期盼成功，唯有努力；只有努力，才会有长进！'于是，我就想开出属于自己的花来。我努力积蓄能量，让自己长得枝荣叶茂，还吐出了许多花蕾。但是，我该开出怎样的花来呢？我迷惘、犹豫起来，过了不久，那些花蕾也渐渐地发黄、纷纷掉落下来。

"第二年，牡丹对我说：'成事不难，贵在求索，只有不懈求索，才会有成功！'从此，我纵览百花之态，摄取百花之长，使自己的花蕾天天充实，终于开出了被人们赞美的芍药花！我的花不仅大，而且色彩多样、迷人而美丽；我的根可以入药为人们治病，我的名字妇孺皆知、闻名遐迩……"

说到这里，小草们都振奋起来，问："我们也能成为天才吗？"

芍药说："任何天才都不是他自己本来就有的专利，你当然能！"

发明家说：

在我们周围就有许许多多这样的人，在别人创造的奇迹面前总是惊叹不已，以为奇迹只能由天才创造。殊不知所有的天才，在没有创造出奇迹之前，也都是一个个普普通通的人。如果你有自信，不懈努力，善于求索，那奇迹同样会在你们面前发生，那时的你，就是天才！人的生命最有意义的一件事莫过于开发自己的才能了，而能够享受到探索和创造快乐的人才会拥有完美的人生啊！

反败为胜的猫

无限的未来

少年创创迷上了发明，对有关创造发明的知识特别感兴趣。有一次，他见到一位发明家就问："史前人类也有幻想吗？他们又是怎样幻想的呢？"

发明家笑了笑说："人类总是对自己的未来充满幻想，史前人类也不例外啊！由于没有文字的记载，现在很难说清楚了。不过从远古的神话和传说中，仍能见到那些幻想的影子。我也曾经这样猜想过——

"那是在农耕时代，一群孩子围着一位智者问这问那：

"'将来的人可以不用嘴讲话吗？可以不用手干活吗？可以不用脚走路吗？'

"'将来的人可以看到千里之外的东西吗？可以听到千里之外的声音吗？'

"'将来的人可以在天上飞吗？可以在水底下游吗？在地下面行走吗？'

"'将来的人可以吃到现在谁也不知道的食物吗？'

"'将来的人可以活到一百岁吗？'……

"谁知那位智者一听，火冒三丈，一怒而起，厉声呵斥道：'疯啦，全疯啦！你们想当神仙，还是要当魔怪？'然后又给自己的儿子一记耳光：'记住，以后不准说这样的傻话、疯话！那样的事绝无可能……'"

"啊，这就是他们的幻想！"创创兴奋地说，"我们今天耳闻目睹的不就是这些吗？可惜我们的祖先永远无法见到，生活在今天的人们真是幸福啊！"

"确实如此。"发明家说，"史前人类的明天就是我们现在啊！而我们的现在不也是未来人的'从前'吗？未来是无限的，未来总是一个谜。对于未来你可以漫无边际地幻想，它与空想一样几乎没有什么边界。那些看上去令人发笑的幻想，若干年后可能就是事实。如果你的幻想可以通过自己的不断努力来实现，那就是创造之神恩赐给你的礼物，而你就是世界上最幸福的人！"

没有发光的灯泡

有个少年打开书桌上的一盏漂亮台灯，坐下来在自己的日记本上这样写着："我是多么珍爱自己的人生啊！决不让一分一秒宝贵的时光白白流过……"

台灯见了高兴地说："你从小有这样的追求，真是了不起呀！我想知道，你准备怎样努力来做到这一点呢？"

少年回答说："首先，我养成了看书的习惯，只要有空闲，我就看书。看书能获得知识、了解历史，知道世界上所发生的一切。'与书为友，天长地久'，我已把它作为自己的座右铭。

"其次，我喜欢打球和娱乐。这对身体非常有益，让生命充满活力，同时得到快乐。"

"另外，我也喜欢旅游。旅游能扩大视野，增长见识，也给生活带来无穷乐趣。"

"当然，我还喜欢穿戴时髦，享用美味佳肴。谁不想穿名牌服装，吃高档食物？这样的生活还不丰富多彩？这样的人生还不让人羡慕？"

就在这时，台灯突然熄灭，少年无论怎样启动开关，那灯泡就是不亮。少年又气又急，以为灯泡坏了，卸下灯泡正要将它扔进垃圾桶。

台灯一见赶忙阻止他说："你先别急，这灯泡并没有坏啊！"接着它又感慨地说，"如果你所追求的人生就是这些内容，那么我要对你说：你根本就没有珍爱自己的人生，也没有体现出你的人生价值；更明确地说，你只是在享受生活，享用别人为你创造的价值，而你自己却根本没有想到为世界创造一点价值！人的生命要是没有自己创造的价值和奉献，就好像一只没有点亮的灯泡，毫无价值可言。虽然对于人生的价值，人们会有各种各样的见解，而创造学家会这样劝告你：学会创造吧！要珍爱自己的人生，你的首选就是：着力开发自己的潜能，为世界创造更多的价值。"

少年听罢将那只灯泡重新装在台灯上，灯泡又发光了，而且比原先显得更加明亮。接着，少年在日记上又写下了新的一页。

怪异的言行

有人用手举着足球当众说道："你们相信吗？我能一脚将这足球踢到10千米远的地方！"

"我不相信！绝不相信！"在场有人立刻回答道，"要是一脚将球踢到几十米的地方倒有可能，而要踢到10千米的地方，简直是一派胡言！"

"你们一点也不用怀疑，我说到做到，马上就可以得到证实。不仅如此，我还可以从20层高的居室跳下来，不用任何保护，也不会伤到我一根毫毛！"

众人听了更加震惊，不禁毛骨悚然，议论纷纷地说："此人精神大有问题，不是吹牛家就是一个口吐狂言的骗子。"

那人面色从容，并不争辩，拿着足球朝着一个方向猛地一脚踢去，然后说道："这球就落在10千米远的地方！不信，你们去看看。"

不一会儿，一个去捡球的人回来说："这球恰好落在10千米里程碑附近。"

"原来真是这样！"众人恍然大悟。

接着有人还是不服气地说："这次算你赢了！就算你脑袋聪明。现在大家倒要看看你怎样从20层楼上跳下来！"

大家一起坐着电梯来到20层的一个房间，那人二话没说，爬上窗台跃跃欲试。

众人一片惊慌，齐声劝阻："赶快下来！不能往下跳！""你真要玩命啦?""下来呀！别做傻事……"

"不用担心，不要害怕！你们看我怎么向下跳就知道了。"他说完转过身来轻轻向房间内一跳，下地之后又笑着说："谁说我不能从 20 层楼上跳下来呢！"

这时，客厅里的紧张空气一扫而光。大家心里都有一种难言的滋味，似乎做梦一样。

那个踢球跳楼的人解释说："当我们打破常规提出一些问题时，许多人都会困惑不解，这正说明他们缺乏那种找到新设想和新方法的创造性才能。一旦突破了自己由于习惯和经验形成的这种思维惯性（也叫习惯思维或思维定势），他们就能意外地找到一片新天地，就会有所发现，从而获得更多创新发明的机会。"

酷爱吃枣的人

一棵大枣树上结满了枣子，那枣子又大又甜，像数不清的金色铃铛挂在树枝上。一个酷爱吃枣的人，成天在这棵枣树下转来转去，口中不时流出馋涎，两眼望着枣子发愁、叹气。枣树觉得奇怪，就问：

"喂！我的朋友，你这是在干什么呀？"

"我在想怎样让你的枣子自动掉入我的口中，你能帮忙吗？"那人回答。

"这在神话世界也许不成问题，可是，在现实世界我就无能为力了！还是回去找架梯子扛来摘枣吧！"

"不行，这太累人、太烦人了！"

"那你就赤手爬上树来取枣吧！"

"那也不行啊！我最怕树上的刺。"

"要么，你拿根竹竿来打也行啊！"

"啊呀，总是要麻烦人，这也不是什么好办法呀！"

"要是这样，只有让风来帮忙了！不过，风把枣子吹落下来的时候，你可要用嘴等好啦！"

"这倒是个好主意！怎么不早点告诉我呢？"

于是，那人顺手捧来一些干草，然后把嘴张得大大的，紧闭着眼睛躺在枣树下，一个心眼儿等着风把枣子吹落到自己口中……

用梯子摘枣的人来过了，他将摘下的枣子全装进了自己的大口袋，连一个枣子也没有棹下来。

用竹竿打枣的人来过了，枣子被打落一地，就是没有一个枣子正好落入那人的口中，他也捡尽地下的枣子带走了。

树上所剩不多的枣子，不久被一阵大风刮了下来，可也没有一个枣子正好落入那人的口中，转眼就被别人捡光了。

后来，那人终于绝望了，从地上爬起来后，他那张开的嘴却久久不能闭合。他只好借助哑语用手比画着说："现在，机遇并不喜欢'有准备的人'了！"

可是，有个发明家笑着对他说："其实我们身边许多人都有这样一种惰性，总喜欢得到现成的东西，害怕艰苦的思考和实践，千方百计地追求简单、方便和省力。不准备付出任何努力，却想得到丰厚的回报。这就是他们常常失去机会，创造力开发不出来，创造素质退化的一种根本原因。而机遇永远不会光顾那些'消极等待的人'啊！"

五指兄弟

每个人都有一双手，每只手都长有长短粗细各不相同的五个手指，好像是五个兄弟。

大拇指常常翘起来，说他好，说你好，当然也说自己好。时间一久，人们便叫它"好好先生"。

食指常常指指这，指指那；这要吃，那也要吃，如果没有吃的，就将自己塞到嘴里去，让嘴巴来尝尝自己的味道。时间一久，人们便叫它"馋嘴先生"。

中指常常拨拨算盘珠，点点计算器上的键；这也算，那也算，机关算尽。时间一久，人们便叫它"精细先生"。

无名指总是跟着别人走，这也不会做，那也不会做，所以总是出不了名，而且连自己的名字也给人忘了。为了便于区别其他手指，长期以来人们一直叫它"无名先生"。

小指总是躲躲闪闪，背地里说你差劲，说他不行，煽阴风，点鬼火。而它自己却又细又短，缺乏自知之明。人们鄙视它，叫它"小人先生"。

有一天，大脑司令部发来命令，要五指兄弟去拔草。

大拇指——好好先生说："请等一等，我的好话还没有说够呢！先让我把这些话说完嘛。"

食指——馋嘴先生说："别忙，别忙！好吃的东西就要来了，我还没有尝一口呢！"

中指——精细先生说："急什么，急什么？请不要分散我的注意力！账算错了谁负责呀？"

无名指——无名先生说："我是什么也干不了的！给我戴上一只钻石戒指还差不多！"

小指——小人先生说："连我这个小不点儿也不放过呀！真是要拿驴子当马骑了！"

就这样拖拖拉拉好几天，五指兄弟连一根草也没有拔出来！这时，突然窜来一只猛虎，正向五指兄弟扑来，大脑司令部立即下令打虎。五指兄弟这才赶紧抱成一团，猛地一拳向虎头击去，那老虎脑浆四溅，立即毙命！

"哈哈！大家都见到了吧？协调一致的合作太重要了，它竟然产生了如此巨大的力量！"大脑司令异常高兴，告诫五指兄弟道，"如果没有协调一致的合作，你们连一件简单的事情也干不了，而且还有更多的潜能无法开发出来！"

狮子和野猪

狮子和野猪同时来到一口井旁，为了争水喝而厮打起来，越打越激烈，斗得天旋地转、难分难解，引来一群秃鹫在天上盘旋。

经过一段时间的搏斗，狮子和野猪都已累得筋疲力尽，气喘吁吁地瘫倒在地上爬也爬不起来。那群秃鹫见了，就飞到地上远远地站着，眼睛一刻不停地注视着它们。

不久，狮子和野猪稍稍恢复了体力又开始争斗起来。狮子的利爪、野猪的獠牙都使对方伤痕累累，鲜血直淌。它们斗了一会儿，又筋疲力尽地瘫倒在地上喘着粗气……这时，狮子和野猪都发现那些秃鹫正在不断向自己靠拢，离自己越来越近了。

狮子突然醒悟过来，说："看吧！我们再这样争斗下去，马上就要成为秃鹫的食物了！不就是为了先喝一口水嘛！值得这样争斗吗？"

野猪也清醒过来说："可不是嘛！这儿的水又不是不够喝！"

接着狮子示意野猪先去喝水，野猪也不客气先去喝了几大口，然后对狮子说："我先解渴了，你再来喝吧！"

那群秃鹫见狮子和野猪正在讲和，着急地大喊："怎么停下来了？继续开战呀！为了自己的利益争斗是天经地义的事情呀！人不利己，天诛地灭。谁能征服对手就是英雄好汉，我们正等着看你们最后的结果呢！"

野猪没有吭声。只见狮子喝够了水，恢复了精神，然后对着四周的秃鹫用尽力气大吼了一阵，惊得那些秃鹫四处飞蹿，转眼就飞得无影无踪了。

墙壁和铁钉

铁钉被钉入墙壁的时候，墙壁悻悻地大嚷："铁钉啊铁钉，我与你无冤无仇，为什么狠狠地钉我？"铁钉也痛苦地说："墙壁啊墙壁，我跟你一样，没有招惹任何人，现在也被狠狠地敲打着屁股呢！"

不一会，墙壁上挂上了一幅异常美丽的风景画。那墙壁立即大放异彩，引人注目。墙壁和铁钉这才恍然大悟，感到无上荣耀和自豪。

墙壁对铁钉说："现在我明白了，你为什么钉我。"

铁钉也对墙壁说："现在我也明白了，为什么有人要敲打我的屁股。"

这时，悬挂那幅风景画的艺术家听了它们的对话，笑着说："正是由于你们的合作和付出的努力，才有了现在这样完美的收获和享受啊！"

孩子和青蛙

一口不大的池塘边，几个小孩用石子打着青蛙取乐。青蛙们躲着石块蹦来跳去。孩子们更乐了，青蛙被打得死的死、伤的伤。青蛙抗议道：

"太残忍了吧？你们这种取乐的方式可是以我们付出生命为代价的啊！你们人类的文明何在？"

"只要高兴，我们不要文明！"

"那么，你也不要道德吗？"

"不要，我们只要快乐！"

"天哪！"青蛙们一边躲避，一边无奈地大喊："天理何在？道德何在？"

这时一个清晰庄严的声音在说："天理无时不在，道德无时不在！"

声音刚落突然现出一个老者，孩子们一惊，停止了攻击，呆呆地看着那位老者。老者说："现在我让你们变成青蛙跳下去。"又对青蛙说："我让你变成少年跳上来。"孩子们还没有来得及说不，就一个个变成了青蛙，而青蛙也一个个变成了少年。老者对青蛙变的少年说：

"现在你们可以以牙还牙，以其人之道还治其之身，你们身边有的是石块呀！"

"不，不！"那些由青蛙变的少年说，"我们已经深受不文明、不道德的伤害，就要更加热爱文明、更加讲道德，怎么能再有不文明、不道德的行为呢！"

　　老者笑了笑说："这就对了！你们讲文明、讲道德，这就具备了做人的资格，从今以后你们就是人类的一部分了。"他又指了指变成青蛙的那些孩子，说："你们只要自己高兴快乐而不讲文明道德就永远做青蛙吧！"说完就不见了。

　　那些由小孩所变的青蛙们起哄了！呱呱呱地叫个不停，可是想再变成小孩已经不可能了。一直至今，它们还是整夜整夜地吵闹着，却没有一个人去理会它们了。

生病的鹿

一只鹿生了重病，趴在草地上痛苦地呻吟着。那些平时与病鹿来往密切、吃吃喝喝的鹿朋友聚在一起议论着：

"听说这回它病得可不轻，可能再也爬不起来了！"

"我看这次不需要带什么去了，反正它又不能吃东西了。"

"去年它送我一只苹果，我还给它一只梨，我们已经两不相欠。"

"我可亏了！我给它两根胡萝卜，它什么也没有给我。"

"我们就这样去看看它也算是份交情了！"

"……"

这班鹿朋友来到病鹿那儿，见那里的青草很肥嫩，一个个淌着口水，随后便大吃起来。临走的时候，它们又对病鹿说：

"老朋友，安心养病吧，上帝会保佑你的。"

"我的好朋友，千万别着急，急坏了身子才不划算呢！"

"是啊，注意保养，过些时候病就会好起来的。"

"等你病好了，我们还会来看你的。"

病鹿含着泪水望着远去的这些朋友，仰天长叹："这就是我的朋友吗？把我身边的草都吃光了，叫我怎么活下去啊……"

正当病鹿奄奄一息的时候，又来了一批朋友。这些朋友平时只是问寒问暖、说说笑笑，并不在意吃喝，更不讲究礼尚往来。可是，这次不同，它们却带来了许多东西，还有问候：

"你千万别烦恼，有我们呢！"

"你需要做什么，尽管说，有我们呢！"

"……"

病鹿见到这些朋友，心情好了许多。吃了它们带来的草药，喝了它们的补液，它的病日见好转，很快就恢复了健康。

病鹿感激涕零："这回若没有你们的轮流照料，我可真的要完蛋了！这就是你们所说的'君子之交'吗？俗语说'君子之交淡如水'，可是喝到你们的'水'，我却感到特别的香甜。这也许是世界上最圣洁、最珍贵的'水'，连黄金也买不到它啊！"

松鸡和公鸡

有人得到一只松鸡，就将它放在家鸡群中一起喂养。好斗的公鸡立刻将松鸡啄得遍体鳞伤，还啄下了许多羽毛。松鸡忍着疼痛，哀叹自己因为是外族而遭到不幸。过了些日子，松鸡发现这里的公鸡平时就是彼此这样争来斗去从未停息过，也常常斗得鲜血直流。

松鸡问其他的母鸡："你们这里的公鸡为啥这样好斗？"

母鸡们回答说："谁知道呀！它们有时仅仅为了一颗麦粒，为了一条小虫，甚至无缘无故就争斗起来……"

松鸡说："我们住在森林里可不是这样，大家团结友爱，互相关心，凡事能克己忍让、宽以待人……只是为了预防野兽侵害才习艺学武。"

"这就对了！"一只老母鸡说："事情总是这样，当有外患威胁生存时，大家才会想到团结起来一致对外；可是我们这里生活安定，没有外患威胁，就孳生了这种无聊的'窝里斗'，既影响社会安宁，还要受皮肉之苦，实在是太不应该了。"

松鸡赞同说："安定和谐的生活环境值得珍惜啊！身体健康重要，心理健康更不能忽视，有了健康的心理素质才会有健康文明的行为啊！"

去草原生活的螃蟹

一只螃蟹过惯了海边的生活，突发奇想，要到草原去生活。到了草原，一只狐狸见到螃蟹高兴地说：

"很久以来，我一直想尝尝海鲜，可是一直没有机会，哈哈！今天倒是机会来了！"

"看来，你今天非要吃掉我了？"螃蟹警惕起来，"不过，我还不知道你是什么动物，怎么能糊里糊涂地让你吃掉呢？快告诉我，你是什么动物。"

"我就是大名鼎鼎的狐狸！你这么可爱，味道一定不错！"

"你要尝尝我的味道，就该先用鼻子来闻一闻，然后吃起来感觉才好呢！"

当狐狸真的去闻螃蟹的时候，螃蟹的两只钳子立刻紧紧地钳住了狐狸的鼻子。狐狸痛得要命，只好对天发誓，任何时候绝不再有吃掉螃蟹的念头。

狐狸走后，螃蟹遇到一只刺猬，它高高地举着自己的那双钳子，在那里严阵以待。刺猬见了说："我只吃小蛇和植物的果子，对你这种带壳的动物从来不感兴趣。"螃蟹放下钳子说："我要来草原生活，我们交朋友吧！你叫什么呀？"刺猬回答说："我叫刺猬，看看我满身的刺就知道了。"

刺猬走后，来了一只鹿。看到鹿的样子，螃蟹又举起了双钳。

鹿笑着说："我是吃草的鹿，从来不吃任何动物，不要以为到处都是你的敌手。"

螃蟹在草原住了一段时间，长了很多见识，学到一些生存的本领，然后回到海边。它的邻居、朋友都说："在草原呆不下去了吧？还是本乡本土的好啊！外面充满着危险，又怎能习惯呢？"

"不不不！"螃蟹回答说，"外面的世界奇妙着呢！也是你们该去的地方。在草原我见到了阴险的狐狸，可爱的小刺猬，还有美丽的小鹿……我还要到更远的山里去，看看那里的世界。安于现状，随波逐流，让自己呆在一个狭小的圈子里，你永远只能平庸无奇，无法感受探索和成功的快乐，这样的生活还有什么趣味呀！"

樵夫和儿子

清晨，樵夫叫醒儿子跟他一块儿上山去砍柴，儿子说：

"不去不去，我要读书，因为我的脑袋空着呢！只有知识才能充实它呀！"

"脑袋空着怕什么？"樵夫毫不介意地说，"我一个字不识，不照样靠砍柴生活吗？而我们的肚皮每天可不能空着啊！如果读书能够填饱你的肚皮，那你就不用去砍柴了。"

"只是为了填饱肚皮，这叫'生活'吗？"儿子接着说，"砍柴只不过是为了'生存'，而不是'生活'；伴有美好追求和享受的生存，这才叫真正的'生活'呢！眼下知识经济时代已经开始了，没有知识可不行啊！说不定将来会饿肚皮呢？要追求美好的生活，就必须将自己的头脑充实起来。"

没过几年，城里的人用上了液化煤气，还用电饭煲来做饭，用柴火烧饭的人越来越少了。后来为了保护生态环境，到处封山造林，不准上山砍柴，樵夫从此失业了。樵夫的儿子自学了一门技术，在城里很快找到了一份工作。樵夫为了找工作到处去应聘，结果到处碰壁。那些招聘的人问樵夫：

"你有什么专长？"

"我会砍柴！"

"城里没有森林，不要砍柴的！"

"不，我还会劈柴火！"

"城里没有可劈的柴火，不要劈柴火的！"

······

樵夫找不到工作，感慨地说："看来生存也是一种竞争，眼下脑袋空空的人是难以生存下去了！"

战马和士兵

士兵骑着战马冲锋陷阵、奋力拼杀，立下了战功，还得到了一块土地的奖赏。从此之后，士兵过上了好日子。士兵不再把战马放在眼里，而把它当做驴子使唤，让它去驮运货物、耕地、拉磨……给它吃的饲料也大大不如以往，再也看不到燕麦和麸子了。战马不堪劳累，身体消瘦下来，体力也大大衰退了。

有人对士兵说："你的战功也有战马的一半啊！它应当得到你的感激才是！"士兵回答说："它哪来战功？全凭我的勇猛善战！它不过是我的牲口，我养活了它，它得为我效力，而所得来的一切理所当然属于我！"

不久，战争又爆发了，士兵又骑着那匹战马去作战。虽然士兵力大无比，还像上回那样勇猛杀敌，由于战马体力不支，耐力衰退而无法取得战功，而且还因贻误战机受到处罚，连上次奖赏所得到的那块土地也被收回去了。

士兵百思不解，从此神情沮丧，把怨恨全发在战马身上。他不时鞭打、折磨战马，直到战马被他虐待而死。

一天，他做了个梦，梦中有位哲人对他这样说："无知的人！你的心里只装着自己，对所得到的一切却毫无感激之情；要知道，一个对世界充满感激的人，他才有资格享受和谐美满的生活；而在和谐环境中生活的人，他才能更好地运用自己的才能；而善于开发自己才能的人，他才有机会获得最后的成功。否则，无论他个人怎样努力进取，而结果也只能是事与愿违！"他从梦中醒来，突然大彻大悟。

钟摆人

从前有一座巨钟，恐怕世界上再也找不到比它更大的时钟了。它的钟摆也是巨大无比，要是有人趴在钟摆上，简直就像砂粒一般。钟摆成年累月坚守岗位，忠实协同地工作，日夜不停地来回摆荡着。

一天，来了一个少年，他对钟摆说："我最喜欢摆荡，就让我在你的上面待一会儿吧！"

"既然这是你最喜欢的事，就上来待一会儿吧！"钟摆答应他说。

少年爬上钟摆，就在上面摆着、荡着，一点儿也不用自己费力、操心，觉得舒服极了，就像躺在妈妈的摇篮里。于是，他又对钟摆说："这是一种多么美好的享受啊！就让我住在你这里，与你做伴吧！"

钟摆说："摆荡是我的工作，可是对你又有什么意义呢？"

少年回答说："只要舒服自在，什么意义不意义，我从来不管这些！现在人们做这做那，还不是都为了舒适和享受吗？"

钟摆惊讶地说："我们是你们人类创造出来的，无条件地为人类服务是我们的职责。可是，你是人类的一员，也应该不断地学习创造，让世界变得更美好，怎么可以只图自己的舒适和享受呢？"

少年毫不介意地回答说："有那么多人在创造呢！少了我一个算不了什么，地球照样在转着……"

从此，少年为了舒适和享受，在钟摆的摆荡中度过了日日夜夜、春夏秋冬，从少年到青年，从青年到中年，又从中年到老年。一天，他突然感到自己空荡荡的、什么也没有，他想应当为世界创造点儿什么，可是他发现自己的脚不听话了，手麻木了，头脑里空空的，什么也做不了了。就这样在悠闲的摆荡中，他终于虚度了自己的一生。

世界上总有这样一些人，由于没有认识到自己的创造天赋与使命，糊里糊涂地做了一些徒劳无益的事，结果荒废了自己的人生，最终只落得两手空空，对社会没有任何价值，实在令人痛惜。

少年朋友，千万不要做那样的"钟摆人"！

汽车没有砸烂

少年创创家买了一辆崭新的轿车，比起原来的旧车性能更好，功能更全，而且十分安全、舒适和华丽。一家三口坐在新车里欢声笑语，充满着幸福和喜悦，他们正向一处旅游胜地驶去，准备在那里旅游度假。

轿车驶出去一段路后，创创就开始遐想起来，他说：

"我们有了这么好的车子，要是突然出现在一百多年前，那时的人们会高兴成什么样子呢？他们一定会围着它载歌载舞，一定会对它的发明人无比崇敬，甚至会激动得将他们抛向天空……"

"你又在瞎想了！"妈妈笑着对儿子说，"那个时候根本不可能有这么高的技术水平，也造不出这么漂亮的车子来。因为那时候汽车才刚刚出现，就是我们那部旧车也可能比它强上百倍呢！"

"我是说，假使那时从天上突然掉下像我们现在坐的轿车……"创创解释地说。

正说着，开轿车的爸爸一不留神，也不知道是什么原因，轿车突然拐进了一条隧道不由自主地加速起来。车速越来越快，如风驰电掣，耳边只有呼呼的风声。爸爸立即将车速降到最低，脚踏着制动器，可是一点儿作用也没有。轿车像发了疯一样飞快地行驶着，窗外除了不断后移的风线，什么也看不清。创创一家惊恐万分，不知出了什么事，也不知等待他们的结果将是什么，眼前的一切就像在噩梦之中……

不知过了多久，轿车又慢慢开始减速了，最后停在一条公路上。看看窗外，到处是陌生的欧式建筑，公路上人群车马川流不息，可是一点儿现代气息也没有。前面一百多米外停着一辆最原始的汽车，其实不过是一部装上引擎的四轮大马车！可是，由于这辆汽车却引来无数愤怒的市民，他们扛着的标语牌上写着："汽车是公共安全的敌人"，高呼着"不准侵犯行人权利"的口号；这口号声、指责声、谩骂声连成一片，甚至还有人向这辆汽车泼牛奶、投掷瓜果和石块……几个警察正向汽车的制造者传达政府议会最新通过的法律：汽车行驶时，必须有人提着灯笼或举着旗帜在其前面开道，否则禁止通行……

就在这时，那些市民发现了创创一家坐的新轿车，于是又惊奇地高呼口号向这边涌来。他们清楚地看到附近一块字牌上写的是1884年，立刻意识到自己已经穿越时间隧道，进入一百多年前的欧洲时代。爸爸反倒镇静起来，打开了车门，用英语理直气壮地对那些市民大声地解释说："我们从二十一世纪来，这就是你们二十一世纪的轿车！你们瞧，它是多么的华美、气派！多么的迷人！它让人感到安全、舒适；它的引擎是多么的精致；它的方向盘是多么的灵巧；它的功能十分齐全：车前有非常明亮的探路照明灯，车后有警示的红灯；还有警告人们回避的喇叭，下雨时还有刮雨器……不信，我现在就可以给你们表演一番。"说完，爸爸就动手操作起来。他打开引擎，引擎没有任何反应；打开刮雨器，刮雨器不动；打开喇叭，喇叭不响；打开前灯不亮，打开后灯也不亮……爸爸急得豆大的汗珠纷纷落下。

那些市民一看，变得更加愤怒起来，高喊着"骗子！骗子！""滚回去！滚回去！"的口号，只见鸡蛋、水果、石块、牛奶一齐投来，"乒乒乓乓"响成一片，这漂亮的新轿车顿时一片狼藉、伤痕累累、惨不忍睹。

爸爸又急又气，赶紧关上了汽车的门窗，创创与他的妈妈紧紧抱在一起，吓得不知所措。

谁知这时候，轿车突然开始发动，很快地调转车头向前加速行驶起来，就像坐在火箭上，一直往回飞驰而去。他们被运动的惯性紧紧地贴在坐椅上，不能动弹；耳边只听得呼呼的风声，其他什么也听不见；想讲话，又一句也说不出口……

又过了一段时间，轿车开始减速，他们也渐渐地感到轻松自由起来。睁开眼睛一看，他们都惊诧起来：发现自己的新轿车仍在先前的一条高速公路上行驶，轿车仍像原来一样崭新、光亮，那累累的伤痕和肮脏的斑驳也见不到了。

他们终于顺利地到达度假村，住进了客房。创创的爸爸余悸未消，依然不解地问："这究竟是怎么回事？真是令人奇怪啊！"

"是啊！妈妈你说，这是什么缘故呢？"创创也问妈妈。

"这还要问！"妈妈突然若有所思，对儿子说，"这全是因为你！你在车上说了一句话：'假使那时，从天上突然掉下像我们现在坐的轿车……'那一百年前的人对它会怎样，这回你全见到了吧！"

"真是这样啊！"爸爸也恍然大悟，"难怪呀，人们常说，发明创造是勇敢者的事业！一件美好事物的诞生，常常要经历风风雨雨的考验；创新者除了超人的智慧外，还要具有不怕失败和挫折的勇气，要有一往无前的执着精神，否则一件美好的创新事物在它还没有成功完善之前，就可能被各种习惯保守势力扼杀在襁褓之中……"接着他对身边的创创说："如果你将来选择了创造发明，就一定要培养这种百折不挠的创新精神；如果你选择了一般的工作，也千万不要做有害创新的绊脚石啊！"

崇拜牛顿的人

世界著名的大科学家牛顿在力学、光学等领域成就辉煌，让无数人惊叹、仰慕不已。有一次，一个崇拜牛顿的人，站在牛顿的巨幅画像前深深地鞠了一躬，用激动得颤抖的声音说："您啊，一直是我心中最崇敬的科学家！在您的面前我是多么渺小，多么微不足道！我所从事的工作也实在太平凡了，这辈子还能指望做出什么来呢？即便是个可以施展才华的工作，我的头脑又是那么愚钝，绝无可能成为天才；即便有些天赋，我也不会有您当年的幸运和机会啊！眼下，所有的新大陆都被别人发现了，所有的宝藏都被开发了，所有绝妙的想法都让别人想出来了，所有的华章锦句都让别人写在书本里了，世界上再也没有人类足迹未到过的处女地……我真是生不逢时、来得太迟了！"

讲完这番话，当他一眨眼睛，发现那牛顿的画像突然不见了，不知怎么变成了他自己的画像！就在他大吃一惊时，却听到有一个声音在对他说："还是崇拜你自己吧！我只能代表过去，我只属于我生活的那个时代！而你却代表着现在，属于光辉的未来！真理的大海总是一望无际，那里有数也数不清的等待人们去开发的宝藏，还有无穷无尽的等待人们去发现的奥秘……我终生奋斗，却还不能说自己已到过那真理的大海！而我最多不过是在真理的大海边缘拾到了几个美丽的贝壳而已！你千万不要埋怨自己工作的平凡，任何工作只要注入创造的灵魂就会生机勃勃、大放异彩；不要总以为自己的头脑不灵活，只要不懈地思考和探索，奇迹同样会在你的面前出现；不要叹息再也没有机会，只要迈开坚实的脚步，你的前面处处是柳暗花明。"

听完这番话，当他抬起头来注视那画像时，发觉自己的画像也不知去向，又变成了牛顿的画像，不过，那画像显然比原来更加亲切可爱，更加光彩照人！

从此以后，那个崇拜牛顿的人经过发愤努力，终于成了一个知名科学家。他总觉得自己非常幸运，还常常对那些青少年这样说：朋友，也有我过去那样的想法吗？不要犹豫、立刻去打碎它吧！我们人类所有的希望就在这创造世界。那是个无边无际、神奇的世界哟！它每时每刻都在向你招手，那里海阔天高、阳光明媚，到处闪烁着奇光异彩，到处是创造者梦寐以求的奥秘和机会。任何一个钟情于她的人，都可以在那里尽情地施展自己的才华，铸就辉煌的人生！